随想集

唐辛子　真っ赤な

八重樫克羅

砂子屋書房

＊目　次

装本・倉本　修

随想集

唐辛子　真っ赤な

書名は、山頭火の自由律俳句
「死をひしと唐辛《がらし》まっかな」より

下駄の音

下駄の音

私と仲良しのお隣の坊やが、やっと言葉を覚えたばかりだと言うのに、アニメのヒーローに夢中になっている。変身願望は早くも芽生えていて、銀色の仮面をかぶり、光線を発する玩具の剣を振りかざして私に戦いを挑んできたりする。彼の眼に映る私は、悪の帝王か、地球侵略の宇宙人なのだろう。

その男の子が、夏の浴衣に合わせて買ってもらった下駄を眺めて「むかしのクチュ（靴）」と言った。ナルホド、下駄が人々のふだんの暮らしのお伴だった時代は遠いものになってしまったのか。

明治のむかし、小泉八雲は、松江の朝に響く下駄の音をこんなふうに書き残している。

……橋をわたる下駄の音は、大舞踏会のようで、テンポの速い陽気な音楽に聞こえる。日本の子どもたちは、七センチ高の下駄を履き、全速力で駆ける。親指と残りの指の間に、鼻緒をひっかけているだけなのに、つまずいたり転んだり、下駄が脱げることもない。

学校へ駆けてゆく子どもたちの可愛い斑点模様の着物の袖がひらめく様は、ひらひらと舞う美しい蝶のようだ。……（池田雅之訳「日本の面影」から抄出）

八雲が愛した古き日本の景色が懐かしく浮かんでくるが、明治時代まで遡らずとも、それと同じような音の風景は、私が少年時代をすごした東北の小さな町にもあった。*

春三月、家々の庇の氷柱が陽光に煌きながら、終日、水滴を落とし続け、やがて雪が消えて路面が乾くと、町には下駄の音が賑やかに響くようになる。

私が寝起きする部屋は、往来に面した借家の二階にあったが、よく晴れた日曜日の朝の物憂い穏やかなひとときを私は懐かしく思い出す。

雨戸の節穴から洩れた朝の光が天井に不思議な虹色を描いていて、どんな加減なのか、ゆらゆらと揺れ動く。それを寝床のなかでぼんやりと眺めていると、遠くから誰かの下駄の音が聞こえてくる。さして用事があるわけでもないらしく、足を投げ出すようにぶらぶらと歩いて来る。……カラン、コロン……どうやら、穏やかな朝の散歩を楽しんでいるらしい。下駄の主の、のんびりとした心のうちが下駄の響きでよく分かる。

やがてそのひとは家の前を過ぎてゆく。下駄の音が次第に遠のいてやがて消えてしまうまで、私は、朦朧とした寝ぼけ気分のまま いつまでも耳をかたむけていた。

それは、雪国にやっと訪れた春を知らせる軽やかな音だ。

そしてその頃、町の神社の大祭が行なわれた。境内にはサーカスや見世物小屋がかかり、大通りには様々な露店が並んだ。

闇市がたつ空き地には、戦闘機などの燃料採取のために掘り返された松の木の根っこが転がっていたり、引揚者や復員の兵士たちの疲れた顔を見かける荒涼とした時代だったが、祭の三日間だけは晴れやかな魅力的な町になった。

いくつかの町会ごとに繰り出した山車《だし》のうえでは、白粉で化粧した幼い少女たちが美しい衣装をつけて並び、小太鼓を打ちながら甲高い声で歌い囃して町を巡った。

そして私の家には近在の親戚が頻繁に訪れ、母は酒食の準備や接待に追われた。

終戦の前年に横浜から疎開して、そのまま居着いてしまった私の家族は、女学校に通う長女をかしらに兄弟姉妹は七人もいて、私はちょうどその真ん中だった。

この大勢の家族が、近隣の村々の親戚を頼りに戦後の食糧難を乗りきってきたのだから、日頃の御礼をかねて年に一度の歓待は当然のことだったが、祭のたびに母のお琴や衣類、父の書画のいくつかが消えていった。伸び盛りの大勢の子どもを抱えた母の苦労は大変だったらしい。

そんな母のようすを見て、私には、なかなか言い出せないことがあった。

十歳前後の頃だったろう。私は祭の露店で見かけた望遠鏡が欲しくてならなかった。

それは、戦後の日本に洪水のように押し寄せたアメリカ映画の海賊が持っていたもののと同じだったのだ。

戦に敗れたばかりの日本では、大人たちが語った英雄たちの偶像はことごとく地に落ちていた。

昭和二十年八月十五日、その日までの全国の少年たちの夢は、ゼロ戦乗り（零式戦闘機の航空兵）や海軍士官、或いは勇猛なる戦車隊の兵士、つまりは、空か海、陸の軍人になることであり、憧れの対象はほかにはなかった。

しかし、戦争も末期になり、食料と物資の不足が慢性化してくると、青少年たちのあいだでは厭戦的な替え歌がひそかに歌われるようになった。今でも覚えているのは、たとえば〈四百余州《しひやくよしゆう》の乞食　ザル持って角に立ち　おっちゃん飯《まま》呉れよ　呉れねえとパンチやるぞ〉とか、〈昨日生まれた豚の子は蜂に刺されて名誉の戦死　豚の遺骨は何時帰る　四月八日の朝帰る〉といった類いの戯れ歌であった。なぜ四月八日なのか、今でも分からないが、こんな歌をなぜ今でもすらすらと歌えるのだろう。年長の少年達にあわせて私は無邪気に歌っていた。生真面目一方の軍歌にはやはり鬱屈するものがあったのだろうか。

それはともかく、戦争の末期にはこのように自棄的な空気と指導者への不信が蔓延し始めていたのだが、それでも今に神風が吹いて、神国日本は勝利するのだという説に人々はしがみついていた。

そんな夢のようなことを当時の大人たちは本気で信じていたのだろうか。本気だったとすれば、鼻下に髭を蓄えた立派な大人たちさえも子どものような夢を見ていたと言うことになる。日本はそんなにも精神的に幼稚な国家だったのだろうか。それとも、国民の厭戦気分の広がりを恐れて戦争指導者たちがあえて広めた流言だったのだろうか。

当然ながら、神風の奇蹟は起きることがなくて帝国は敗れ、神とされた天皇は人間になり、職業軍人は白眼視され、全ての価値観が逆転してしまった。

失意のどん底に落ちたのは大人たちばかりではない。少年たちもたちまち目あてを失くしてしまったのだが、しかし、夢は必要だった。とくに、これから人生に漕ぎ出そうとしている幼ない者たちには……。

それまでの英雄群像に代わって少年たちの心を躍らせたのは、ハリウッド映画に颯爽と登場する海賊キッドや海賊バラクーダ、或いはシンドバッドのような冒険好きの若者たちだった。

七つの海をかけめぐる勇者たちは、大きく揺れる帆檣《はんしょう》の縄梯子に……或いは藍色の波濤をくだく船首に、激しい海風にあらがいながら凛々しく立っていた。そして、望遠鏡の鏡胴を伸ばして遥か洋上を眺めると、今まさに悪徳貴族の船が満帆に風をはらんで進み、そこには美しい姫君が囚われていたりするのだった。

私が見た露店の望遠鏡は、彼等のものと同じようにきらきらと輝き、レンズには神秘の虹色が宿っていた。それは、私をまったく新しい世界へ連れ出してくれる魔法の道具のように思われた。

神秘的なそのレンズから世界を眺めれば、風に砂塵が舞うこの荒廃した町は忽ち紺碧の海原となり、私は勇猛な海賊になれるだろう。

しかし、残念ながら私には金がなかったから、露店が並ぶ大通りに出かけて行っては、遠慮勝ちにそれを眺めて帰って来るだけだった。素直に母にねだるような無邪気さから、私は、少しばかり抜け出した分け知りの少年になっていたのだ。

銀色の望遠鏡は、セルロイドのお面やブリキの汽車、女の子が喜びそうな塗り絵やビーズの箱などにはさまれて燦然と輝いていた。それを商うのはカーキ色の戦闘帽をかぶり、うす汚れた兵隊服を着た青年だった。そばには、彼を「オニイチャン」と呼ぶ赤いスカートの女の子がおとなしく座っていて、私がためらいがちに望遠鏡にさわるたびに眼を光らせていた。

とくに私が警戒したのは、地元の商店街の少年たちだった。地付きの彼らは身なりもよく裕福で、小遣いもたっぷり持っているらしかったから、彼らが数人でやってきて数種の玩具を冷やかすのを私はハラハラして盗み見た。そして、そっとその場を立ち去ったが、時間を見はからって再び訪れ、望遠鏡がまだ安泰なのを見て胸を撫でおろしたのだった。

しかし、やっとチャンスが来た。母がお小遣いを呉れたのだ。それは祭の三日目の夜、最後の客が帰ったあとだった。もっとはやく貰えれば、楽しい祭の日々となっただろうに、それが祭の終りの日だったのは残念だったが、母には母の苦心の遣り繰り算段があったのだろう。しかしそれでも、浮かない顔で過ごしている私を気遣ってくれてはいたのだ。

私は舞いあがる思いで、高鳴る胸を抑えながら下駄を鳴らして夜道を走った。小泉八雲が驚嘆した日本の子どもである私は、ちびた下駄の鼻緒を足の指にはさんで、転びもせずに疾駆した。着ていたのは学童服だったから、蝶のように袖がひらめくことはなかったが。

近くの大きな料亭からは、賑やかな三味線や酔客の歌声がまだ洩れていた。しかし、住宅地の路地にはとうに夜のとばりが降りていて、祭の賑わいの熱っぽさは醒めはじめていた。家々は門柱や玄関に掲げた祭提灯を片づけて、僅かな灯を窓から洩らして静まりかえっている。

露店はもう店仕舞いをしているかも知れなかった。あまりに思い詰めたせいか、冷たい夜気のせいか、両の目に泪が滲むのを覚えた。

神社に続く大通りに出て、ホッとした。

つらなった露店にはアセチレンガスを燃やすランプが煌々と輝いて、冷やかしの客たちが三々五々歩いていた。幼い子を連れた家族の姿もある。まだ間に合うはずだ。

私は、息をはずませて目当ての場所に駆けつけた。

そして、茫然と立ちすくんだ。

その店がなくなっていた。

場所を間違えたのかと慌ててあたりを眺めたが、決してそうではなかった。両隣の店にはまだ明るい色彩がこぼれているというのに、その店だけが早々と姿を消していて、ぽっかりと深い暗闇があるだけだった。

兵隊服の青年と赤いスカートの女の子はどこに行ったのだろう。そして、夢の望遠鏡は？

それは七十年も前のこと、私の人生のほとんど古層に埋もれていたような記憶だ。そんな遠い暗闇を、今になって何故思い出すのだろう。祭の夜のその光景は鮮やかに脳裏に甦ってきて老いの胸を切なく締めつける。

すでに書いたように、当時は国民のほとんどが飢餓と貧困に苦しんだのだが、とりわけ敗戦を境に環境が激変した少年たちの世界の彩りはひどく貧しいものだった。大人たちは明日の糧を求めて生きることに懸命で、子どもたちの世界は顧みられるどころか、放りっぱなしにされていたのである。

しかしそんな時代でも幼いものたちにとって、あたりの事物は洗いたてのシャツのように新鮮でかぐわしく、いくつもある未知の扉のむこうからは胸のときめく世界が囁きかけていた。

見知らぬ世界に高揚する心と淡い失望が交錯する揺籃期、それはおそらく、コンピューターゲームが席巻している現代でも同じことだろう。

幼い日々に寄せては返す期待と失意のさざ波は、それから出会うことになる人生のいくつもの喜びや悲しみをあらかじめ知らせてくれているのだろうか。

成人してからの私はいろいろな土地を旅行し、いくつかの都市に住んだ。仕事のうえでの苦労や、血縁の悲しみも人並に経験してきたと思う。

ある時、雑踏の街を歩いていて、ふと、目の端にとまったものがあった。

それは、大きなビルに挟まれながらもよく生き残ったと思われるような古い小さな玩具屋の店先だった。近寄ってよくみると、まさにそれは、幼かった私が祭の日に憧れた望遠鏡であった。

一瞬、心に湧きあがった懐かしさは、すぐに軽い失望に変わった。それは銀色というよりにぶい鉛色の金属で出来ていて、両端に巻いた革は本革に似せた厚紙だった。

どう見てもそこには、かって私の心を虜にした魅惑の光はなかった。

どうしたのだろう、あの胸躍る輝きは幼い日の錯覚に過ぎなかったのか。

世故に長《た》けたおとなになり、なまじ安物を見破る知識を身につけた私がかわりに手に入れたものはなんだったのだろう。

寂しいような複雑な気持を抱いたまま、私はその店を離れた。そしてゆっくりと歩きながら考えた。

人生の途上で私が海賊になれた日は、ただ、あの時しかなかったのだと……。

今の私は心躍る夢を見ることもない味気ない人間になってしまったが、それでも時おり、夜道を走ったあの頃のひたむきな自分を懐かしく思い出すことがある。

そしてそんな時、深閑とした街路を走る下駄の音がなおも心の奥で響いているような気がする。

＊　岩手県北上市（当時は黒沢尻町）。西に奥羽山脈、東に北上山地を望む。奥羽山脈に水源を持つ清流の和賀川と北上川の合流点に位置し、北上川の川沿いには一万本の桜並木が美しい展勝地、そして市内中心部の閑静な庭園には現代詩歌文学館がある。

雁風呂

歳時記の中に珍しい季語がある。

雁風呂《がんぶろ》である。

雁の群は、日本をめざして北方の海を渡るとき、それぞれに木片を咥えてくる。長旅に疲れたとき、木片を海に浮かべてそのうえで羽を休めるためである。

ホントか。

まあ、そう言わず聞いて欲しい。

雁たちがやっと辿りついた最初の地が青森県の外ヶ浜である。そこで雁たちは咥えた木片を浜に置いてゆく。

さて、ひと冬を日本各地で過ごした雁たちは、春になると再びシベリアを目指して旅立つが、その時に外ヶ浜に寄って自分が置いた木片を拾って咥えてゆく。

ホントか。

まあまあ、最後まで聞いて欲しい。

ところが、いつまでも拾われずに浜辺に残った木片がある。捕らえられたか死んでしまったか、いずれにせよ、帰れなくなった雁たちの数の木片だけが砂浜に残されている。

浜の人々はその木片を拾い集めて哀れな雁を供養し、風呂を焚くのだと言う。

ホントか。

むろん、ウソである。そんなことがあるわけがない。私は外ヶ浜を旅したことがあるが、地元の人たちに尋ねたら笑われた。雁風呂なんて聞いたこともないそうだ。

贋作と偽作という言葉がある。どのように違うのだろう。国語辞典で調べると、偽作という言葉は贋作とも言うとある。しかし、ニュアンスが違うのではないか。

贋作はホンモノを真似たもの。例えばゴッホの「ひまわり」をそっくり真似て書いてサインまですれば、立派な贋作だ。

偽作は、作風をそっくり真似て、その作者の作と称して世間に流布したもの。例えば、ゴッホの作品群にはないが、いかにもゴッホらしいタッチで描いてゴッホの作と言えば、それは偽作というのではないか。そんな違いがあると思う。

すると「雁風呂」は、いかにも地元の習俗に見せかけた「偽作」ということになる。

江戸時代の人々は、現代のように気軽に旅行したり、遠方の人々の暮らしのさまを映像で見ることはなかった。それで、江戸時代の文人の一人が想像で創った話を信じて、雁の哀れな運命と浜の人々の優しい心に想いをよせたのだろう。

そういえば、江戸時代の「じゃがたら文」も偽作だということになっているらしい。

鎖国令によって、祖国から追放されたお春と言う混血の美しい娘が遠いバタヴィア（インドネシアのジャカルタ）から故郷の幼なじみに宛てた手紙である。

〔あら日本恋しや、ゆかしや、見たや見たや見たや日本〕と綴り、太陽と月は日本の古郷と同じだから〔ひるは日の出るかたをながめ、夜は月の出るかたを打ち眺め、袖のかわくまも御座なく候〕と、切々と訴えている。

これは実は西川如見という文人が「長崎夜話草」という書物で紹介し

たもの。しかし、蘭学者として名高い大槻玄沢が「あれは西川の偽文だ」と言ったという。

お春は実在した女性だが、祖国の幼なじみに宛てたとされる手紙は偽作だというのは今では定説になっている。

それに異を唱えるつもりは毛頭ないが、しかし、江戸時代に流布した「じゃがたら文」が心を打つのは、そこには〝ありそうな真実〟が包含されているからだと思う。

鎖国によって日本から追放された混血の娘の悲しみ。それは異国に流された多くの人々に共通する望郷の想いだったろう。

偽作には、事実性はなくても人の心を打つ真実性があり、それが人々の想像をいっそう掻きたてたのではないか。*

「雁風呂」にも言えることだと思う。

上方や江戸の文人にも、雁の渡りの神秘な姿はさまざまな想像を呼び起こしたに違いない。

ひとつの家族、親族を思わせる雁たちの遙かな旅の無事を祈る心が、雁風呂のような偽文を生み出したのではないだろうか。

淋しい北国の最果ての浜辺に打ち寄せられた木片、それは波浪に揉まれ陽に晒されて白っぽくなっている。その乾いた白骨のような木片を浜の人々はひとつひとつ拾って歩く。風呂を焚くほど多ければ、それだけ雁の無念の数が多かったということだ。

たしかに事実ではないにしても、そのような想像の物語を作りだした文人の心を私は大切に思う。

秋空に浮かぶ美しい月を眺めるとき、あなたは、人類が初めて月に一歩を印した宇宙飛行士の言葉を思うだろうか。「これは人類の偉大な一歩である」と……。

いや私は、たとえ甘い感傷と嗤われても、月に去ったかぐや姫を想う人のほうがよほど慕わしく思われる。平安時代の初めに創られた竹取物語は、この世で至上の美に出逢いながらもそれを失った人々の悲しみを時を超えて語りかけているのだから。

＊　リアリティ……………事実性、写実性。
アクチュアリティ……真実性、迫真性。
学生時代に読んだ作劇術（ドラマツルギー）の本にあったのを記憶している。

無縁坂のおんな

無縁坂のおんな——映画「雁」のこと

ある映画の一シーンが少年の頃の記憶の深い淵に沈んでいて、ふとした折に浮かびあがってくることがある。その映像は全くの虚構であって、私の実際の経験でもなかったのに、まるで自分の原風景になってしまったようなのだ。

それは、僅かに白みかけた早春の空に飛び立ってゆく雁の群の姿である。そして、固く唇を噛んで池の畔に佇む女の白い顔。

豊田四郎監督、高峰秀子主演の「雁」である。

森鷗外原作のその文芸映画を見たのは私が中学三年の頃、昭和二十八年の冬だった。

高峰秀子が演じたのは、因業《いんごう》親爺に囲われたお玉という名前の「お妾さん」だった。そんな映画を当時の私が理解し感動していたとすると、私は少々早熟だったということになるだろうか。

しかしそれには、ちょっとした理由がある。

終戦間際に親戚を頼って、横浜から東北地方の或る町に疎開した私の家族は初めのうち、お妾さんの家族と同居していた。私が国民学校（今の小学校）一年生の時のことである。

母方の伯母は、所有している町屋風の家に私たちをそっくり住まわせたかったのだが、借家人の一家にすぐ出て貰うわけにはいかなかったのだろう。やむを得ず当分のあいだ、お妾さんの家族はそのまま一階に、私たちの家族は二階に間借りすることになったのだ。

そのために、私たちが外出する時は、階段を降りてお妾さんがいる居間の前の廊下を通らなければならなかった。たいてい障子が開け放たれていたから、長火鉢のまえの白い顔の女の人と四、五歳の可愛い女の子、そしてお手伝いの婆やにピョコリと頭をさげて通り抜けた。

時には、お妾さんの旦那なのだろう、どこかの商店主のような小太りの男がいて無愛想な顔を私たちに向けることがあった。

二階暮らしの私の家族は近くの銭湯に通ったが、一階には風呂があって、暮れ方になると母親と一緒に湯に浸かっているらしい女の子のあどけない歌声が聞こえてくることがあった。歌詞は殆ど忘れてしまったが、その一節が記憶に残っている。

〽おメカケさんがお供を連れて……花見に行った……お駕籠に乗って……・という歌だった。

あまり口にしてはいけないらしい「妾」という言葉を女の子に歌わせていたのはどういうことだったのか。教えたのは母親に違いないのだが。

その無邪気な歌声が聞こえてくると、横浜から転校してきたばかりの女学生の姉と中学生の兄が可笑しそうに顔を見合わせ、母が眉をひそめて首を振っていたのを思い出す。

それは、当時の私にはまったく理解を越えたおとなの男女の世界だった。

しかし、噂話をする時の近所の人々の奇妙な薄笑いやしかめ顔などから、お妾さんとは普通の境遇の女性ではないのだと察していた。世間一般の、特に女性たちから白い目を向けられる存在だったようだ。

やがて数ヶ月も経って、お妾さん一家が何処かへ引っ越してゆき、私たち家族が一階も自由に使えるようになると、白い顔の女の人も可愛い女の子のことも次第に記憶が遠のいて、私が中学生になった頃にはすっかり忘れてしまっていた。

しかし、そのぼんやりした記憶が、映画の「雁」を見た時に脳裡によみがえってきて、幾分かは映画の世界の理解を助けてくれたのだろうと思う。

なにしろ遠い少年時代に観た映画のことである。映画の筋は殆ど忘れていて、ただ、不忍池の畔に佇む女の人のラストシーンだけが、心の奥に捺された焼き印のように長くきざまれていただけだった。

したがって、次に述べる映画の内容は、近年になってたまたま観ることが出来た再上映の「雁」で確かめた荒筋である。

維新の世が改まり江戸が東京となって暫くのころ、下谷の裏長屋に貧しい父娘が暮らしていた。

父親（浜村純）は痩身で病弱な男だったが、小鳥や獣、魚などの形に似せた飴細工を作っては駄菓子屋に卸し、細々と暮らしていた。母親は早くに他界していたから、娘のお玉（高峰秀子）は幼い頃から父の仕事を健気に手伝っていて、近所でも評判の孝行娘だった。

そのお玉が十六、七歳の器量よしの娘になると、早速目をつけたのが口入屋のおさん（飯田蝶子）で、「浜町の大きな呉服屋の主人が後添えを探している」という話を父親に持ち込んだ。

しかし、それは仲人口と言われる真っ赤な嘘で、お相手の末造（東野英治郎）は、実際は学生相手に小金を貸して利鞘を稼ぐちっぽけな高利貸に過ぎず、おまけに彼には嫉妬深い女房（浦辺粂子）と、まだ幼い子どもたちがいた。

年の離れた男との思いがけない縁談をお玉が承知したのは、老いた父親があまりに喜んだためだった。お玉が住む家とは別に父親にも借家を与えて、そのうえ僅かながらも月々の小遣いまで与えるという願ってもない話だった。

お玉は、新しい町家に住むことが出来て嬉しかった。

もともと働き者のお玉はかいがいしく働いて部屋や廊下を掃き清め、新しい主人となった末蔵に気に入られようと努めた。

新婚の初々しい喜びに満ちた毎日だった。

末蔵は毎日来るわけではなかったが、それも仕事のせいだろうと気にもしなかった。お玉はあいかわらず世間知らずで初心だった。

しかしやがて、後添えというのは真っ赤な嘘だと分かってしまう。

末蔵には本妻も子どもたちもいて、自分は妾という日陰の境遇なのだと思い知らされる。それでも今さら引き返すことはかなわず、騙された父を責めることはできなかった。

時折訪ねてくる年老いた父親は、口入屋のおさんに怒る気力も失っていた。つい不満を洩らしたお玉に「だんなに可愛がって貰うんだよ」と、縋りつくような眼をして頼む。弱々しい父親の姿が彼女の心を縛って、運命に逆らう気持さえも失せさせていた。

諦めの日々のなかで、お玉はせめてもの平穏な日常を守ろうとするが、無縁坂の妾宅を探し当てて現れた末蔵の女房の激しい嫉妬と憎悪に怯える。

そのシーンの描写には凄みがあった。

急な夕立のなかで玄関先に立ち、傘をさして睨みつける末蔵の女房から逃げて、お玉は部屋の片隅で小さい躰を固くする。その背後に、坂道を流れる水の照り返しが幾筋もゆらゆらと激しく揺らめく。嫉妬と憎悪に曝されたお玉の恐怖がみごとに映像化されていて忘れ難い。

そのお玉が初めての、そしておそらく人生最後の恋に巡り合う。

それは、自宅の前の坂道を朝夕に通る帝大生の岡田（芥川比呂志）だった。

むろん、お玉はまともに顔を合わせることも声をかけることもできない。ただ物陰から眺めて、岡田の凛々しい姿に胸を焦がすだけだった。

しかしある日、思いがけないことが起きた。

かねて末蔵はお玉の無聊《ぶりょう》をなぐさめるために小鳥を買い与えていたのだが、軒下に吊るしていたその小鳥籠を大きな蛇が襲った。お手伝いの女もお玉もただうろたえるばかりだったが、それを通りかかった岡田が退治してくれたのだ。

頼もしく爽やかな青年の優しさにはげしく胸がときめくものの、お玉は御礼の言葉のひとつも満足に言えない。その恋心は、すでに男を知った女にしては小娘のようにまことに稚く初心《うぶ》である。

そしてお玉はひそかに或る決心をする。

末造に内緒で和裁を学び、ささやかな自立への道を進もうと試みる。世間から蔑まれ憎まれる妾という境遇から脱け出して、岡田の住む世界にふさわしい女性になろうと考えたのだ。

しかしそんないじらしい気持は、当たり前だが、相手に届くはずもない。

或る日、岡田は末蔵が営む小さな質屋を訪れる。そして大切な医学書を質草にして末造から外遊の資金を借りようとするが、末蔵に断られ、やむなく古書店に売り払ってしまう。

偶然にそれを目撃したお玉は、末蔵に隠れて書店に行き本を買い戻す。岡田にとっては大切そうな本を蛇退治の御礼として返してやることを思いついたのだ。そして、その時に夕食をもてなせたらどんなに嬉しいだろう。

その束の間の喜びを夢に描いて、お玉は日を送るのだが、やっと良い機会が訪れた。末造がたまたま遠方へ出かける事になったと言うのだ。

待ちに待った計画をお玉は実行する。お手伝いの女を実家に帰し、魚屋に出かけて行って刺身の大盛りを注文し、いそいそと手料理の膳を調える。

そして、岡田がいつものように坂を下りてくるのを待ちかまえる。

しかしその計画は打ち砕かれてしまう。

不意に帰宅した末造は、部屋に並べられた御膳や見覚えのある医学書から、お玉のひそかな想いに気づく。嫉妬に狂った末造は、用意の料理を蹴散らかして怒りまくり、岡田が明日にも海外に旅立つことをお玉に告げてあざ笑う。

末蔵が怒るのはもっともで、彼の身になって考えると無理もない。

みすぼらしい家に住んで洟垂らしの子ども達と愚痴の多い女房を抱え、学生達の侮蔑に耐えながらご機嫌を取り結んで商いをするのも、彼には唯一の望みがあったからだ。そのために懸命に小金を貯め込んで、いっぱしの旦那衆になったつもりで別天地の楽園を作りあげたのに、それを踏みにじって壊そうとしているのが何よりも大切にしていた女なのだから。

後年のテレビドラマに出演して、カッカカッカッと高笑いする水戸黄門役で親しまれた俳優座の名優、東野英治郎はこの末蔵役では吝嗇で小狡い憎まれ役をみごとに演じていた。

さて、末蔵の怒りに耐えきれず、お玉は外に飛び出す。旦那に逆らったのは初めてで、与えられた家から永久に放り出されることも覚悟していた。そして、暗い夜道を駆け続けて池の端まで来たのだが、そこでお玉が見たのは霧のなかで人力車を待つ岡田の姿。彼は友人（宇野重吉）たちに見送られて、ドイツ人のドクトルと共に海外に旅立つところだった。

岡田の姿が急に遠くなった。

こんどもお玉は声をかけることが出来ない。彼は希望に輝いていて、お玉にはあまりにも眩しすぎる存在だったのだ。

岡田とドクトルが乗った人力車が深い霧に消えてゆくのを木陰に隠れて見送ったお玉は、放心したままに、暗い不忍池のほとりに佇む。

どれぐらいの時が経ったのだろうか。やがて池の面《おもて》に、明け初めた空の微光が射しこんでくる。枯蓮のあいだで眠っていた雁たちが少しづつ身じろぎはじめ、やがて突然激しい羽音を立てて、一羽、二羽、三羽、そして群をなして早春の空に飛び立っていく。

取り残されたように佇むお玉。

唇をきっと噛みしめたお玉の顔が、暁闇のなかに仄白く浮かんでいた。

お玉が岡田をとおして見たのは、あまりにも遠い世界だった。彼女が育ったのはどぶの匂いのする裏長屋で、ほそぼそと飴細工を作って日銭を稼ぐ、父娘ともに転落の崖っぷちでやっと踏みとどまっていたのだ。……。

映画は池の畔に佇むお玉の姿で終わっているが、結局、彼女は末蔵が用意した小さな妾宅に戻らざるを得なかっただろう。

少年の私に忘れがたい印象を残したこの「雁」が、先日、神田の神保町シアターで上映されると聞いて、私は電車を乗り継いで観に行った。

ほぼ六十年の歳月を隔てて再会した映画にはやはりいくつかの忘れていたシーンがあって、しごく興味深かった。

高峰秀子の伝記やエッセイを数多く書いている斎藤明美さんによると、高峰秀子は、数多い主演映画のなかでも特に好きな作品として「雁」を挙げていたという。

そのわけが納得できた。

この映画のなかで、高峰秀子が見せる表情は多彩である。

いや表情と言っては作りもののようだが、そうではなく、お玉が見せる多面的な顔のすべてが、一人の女の本性であり真実なのだと思わせた。

貧しい孝行娘のいじらしさ、新婚の嬉しさと羞しさを滲ませる若妻の顔、騙されたと判ったときの口惜しさと諦め。魚屋の女房の嫌悪の言葉から逃げ帰り、また、本妻の嫉妬と憎悪に怯えおののく表情。末造の嫌みを媚態をみせて切り抜けるしたたかな女の狡さ。そして岡田への純な憧れ、初々しい娘の初恋の顔、片恋が露見して叱責された時の捨て鉢な怒り、そして逃れ得ない自分の運命を覗きこむ暗い悲しさ。

ひとつの作品のなかでこれほど振幅のある演技をみせる役どころは、彼女のほかの作品にはない。豊田四郎の演出も素晴らしいが、それを見事に演じた高峰秀子はやはり稀有な女優だったと、今更ながら思った。

森鷗外の原作は、帝大生の岡田と友人の生活を中心に描いていて、お玉はその遠景にある存在として語られる。

それを逆転して、封建制のなかの哀れな女性像を正面に据えたのは、脚本の成沢昌茂と豊田四郎監督の職人的な力業だろう。

久しぶりにこの映画に再会したとき、私の思い入れが強かったせいか、導入部に近いシーンを観ただけで私は眼を潤ませてしまった。

お玉が金銭で囲われた妾宅の前を、学生たちが寮歌を歌いながら歩いてゆくシーン。近代日本の黎明期に国家を担う高揚感に胸膨らませる青年群像の陰には、貧しい社会のしがらみに囚えられて身動きの出来ない女たちがいたのだ。

このリバイバル上映を観てから暫くあとのことだが、私は舞台となった坂道を訪ねてみた。

お玉の家は、東大医学部と付属病院から不忍池に降りてゆく細道の途中に設定されている。明治維新の元勲であり三菱財閥の創始者である岩崎弥太郎の豪壮な別邸の裏側にあって、無縁坂と呼ばれるその道は、高く長く続く塀と邸内の木立に空を遮られていた。

このように、別世界を夢みて挫折する物語は映画史のなかに一つの流れを作っているように思う。

「雁」よりも遥かにドラマチックな映画、「陽のあたる場所」「若者のすべて」「太陽がいっぱい」などの主人公である貧しい若者たちが垣間見たのは豪奢な上流社会であり、資本主義を謳歌する豊かな社会であった。

これらの映画は、貧困から這いあがろうとして挫折する若者たちの姿を描いて傷ましく、私は何度も観て、そのたびに熱い涙が湧くのを抑えられなかった。

その私の感動の底には、早春の夜明けの空に羽ばたいて飛び去った雁の群と、取り残されたお玉の白い顔の淋しいイメージが重なっていた。

「雁」が封切られた昭和二十八年は朝鮮戦争の特需の余波で経済は一息ついたものの、その恩恵は庶民の生活にはまだ行き届かず、人々は戦後の荒廃と食糧不足から充分には脱けきれていなかった。昭和三十年代の高度経済成長は、ほんのりと東の空を染めはじめた暁の光のように、まだ遠いものだった。

私の家族の暮らしも同様だった。

殆どの家財道具を売り払って親戚を頼りに疎開し、そのまま父母の郷里に居着いてしまった私の家は子どもの数が多いせいもあってひどく貧しかった。

地元の少年たちの恵まれた生活を格別に羨ましく思った記憶はないが、それでも日本全体の重い空気や貧しさは少年時代の私の心に暗い影を落としていたに違いない。
そうでなければ、「雁」のラストシーンや金銭に縛られて身動きの出来ないお玉の悲しさ、手の届かない夢を見ることの切なさが、その時の私の心に沁みこんだ理由が説明できない。

映画「雁」を初めて観てから長い歳月が過ぎた今、私がふっと思うことがある。日本は、当時とは隔世の感で、今や豊かな飽食の国である。

しかしその反面、金銭の支配力がいっそう増すばかりの格差社会になってきた。そのなかで、「陽のあたる場所」「太陽がいっぱい」の主人公たちのように、ほとんど絶望的な野心を抱いてエキセントリックな牙を砥ぎ、突出する若者たちがいる。

そしてそれらの暗い群像の背後には、遠い空に飛び立つ雁の群を茫然と眺めていたお玉のように、真近に見てしまった夢と自分の現実との絶望的な距離感を抱く人々が、哀しく佇んでいるような気がするのである。

雁渡る

ひさしぶりに雁の渡りを見かけたのは昨年の晩秋のこと、高齢者のバスツアーに参加して、秋田から岩手に抜ける旅の帰り道、休憩時間の時だった。

日本海に沈んだ夕陽の残照で西の空はまだ明るかったが、北方にうずくまる奥羽山脈はすでに夕闇に溶けはじめていた。

「あ、雁だ」

思わず私は小さく叫んだ。妻も同行の人々もいっせいに空を仰いだ。先導の雁を中心に、鍵とも棹とも呼ばれるかたちを作って群が飛んでいた。

いつのまにか藍色を深めていた頭上の空に、軽く三十羽を越える雁たちが忽然と現れたのだった。

ときおり天空からこぼれてくる啼き声が、あたりの静寂をかえって深いものにした。ふしぎな時間が私たちを包んだ。

そして雁の群の長く伸びた棹は、山の端に近づくあたりでゆるやかに傾きはじめ、やがて吸い込まれるように山巓《さんてん》を越えて行った。

それからしばらく経っても、私の耳の奥には雁たちの鳴き声が残っていた。暗さを増した空の何処にも、もう雁たちの姿はなかったのだが。

人々は夢から醒めたように微かに上気した顔を見合わせたが、すぐには誰も口を開こうとしなかった。しかし、想うことはそれぞれにあったに違いない。

私は、少年時代、東北地方の或る町で何度か雁の渡りを見かけたことがあった。戦後の間もない頃だった。

当時でさえも、年に一度か二度目撃するだけの貴重な経験だったが、そのたびに私も友だちもふざけ合うのをやめて、口をつぐんでシンとしていた。そのとき居あわせた少年たちの皆が皆、整然と飛ぶ雁の群に驚きと神秘的な畏れを抱いたのだと思う。

やがて私は、その町を出て再び帰ることはなかった。横浜や仙台、山形県の鶴岡、東京、川崎、名古屋、福岡、所沢などいくつかの都市に住んで長い歳月が流れた。その何処の町でも、私は空をゆく雁の群を見なかった。

そして今、老人となった私の眼に映った雁の渡りは、たとえありきたりな感傷と云われようと、少年時代とは趣きを変えて自分の越し方への想いを誘ったのである。

いや、私だけではなかった。同行の人々もまた遙かな春秋を越えてきたのだ。

一行のなかには、子育てを終えてホッと一息ついた夫婦もいただろうが、不幸な破綻や別離の悲しみを経験した人もあり、悲惨な災害や戦火をくぐり抜けてきた人もあっただろう。

そして、決して老後の不安から解放されたとは言えない日々があるだろう。人生にはいつも未知の明日があり、不安な日々がある。

そんな人々の目に雁の群はどのように映っただろうか。

私のすぐ横には、お揃いの登山帽をかぶった老夫婦が佇んでいた。脚の不自由な白髪の夫を支えて立つ夫人は少し口を開けたまま、無心に飛ぶ雁の群を見送っていた。

また前の方には、賑やかな女性たちの一団がいたが、彼女たちもこの時ばかりはシンとして雁たちが消えた空のあたりを眺めていた。

雁の渡りは、同行の人々にそれぞれの想いを残して飛んで行ったのだ。

しかし、彼等の姿を人生に重ねて思うのは私の身勝手な感傷かも知れない。

ひたすらに飛ぶ雁たちは、それ以上のものを私たちに語っていた。

二十一世紀の人間の世界に彼等が突きつけるのは、手つかずの素裸の自然だ。私たちが見失いがちなまっさらな自然である。

遠い祖先の血が命じるままに、雁たちは季節の呼び声に応えて遥かな旅を整然と繰り返してきた。

それは、人間の世界も本来は同じだったのではないだろうか。

私たちの遠い祖先もまた、かっては四季の風に親しみ、自然の息づかいをうかがい、畏れ敬いながら生きる営みをつづけて来た。

遠山の残雪の形を見ては種蒔きをはじめ、すだく虫の声や風の音を聴いては冬籠もりの支度に取りかかった。

土の匂いや風の色は日々の暮らしを深く彩っていたのである。

しかし、そんな世界は遠いものになった。

この列島に飛来する雁の数は確実に減少傾向にあるという。今では、人々は東京近郊の空に雁の渡りを見ることがない。上野の不忍池の雁が小説や詩歌に描かれた時代は遙かな昔になった。

「雁の渡り」という俳句の季語は、今の若い人々には理解出来ない言葉になるかも知れない。物質文明は長い時間をかけて、彼等の旅を日常から遠いものにしてきたのだ。

そして私たちもまた、自然の理法から遠ざかることが文明の進歩だと思い込んで、かっての祖先の生の営みを古臭いとか旧態依然だとかたづけてきたのではなかったろうか。

いやそれどころか、私たちは人間中心の独善的な幸福を追求して、コンクリートやアスファルトで村や街を覆い、川岸や海際に壁を築き、夜を昼に変え、汚染物資を垂れ流し、大気に毒の風を混入させて来てしまった。

そのように環境を変えてきたことは、ダモクレスの両刃の剣のように、私たちの精神世界にも傷を与えているような気がする。

幼い子への虐待や遺棄、衝動的な傷害や殺人、嗜虐的な無差別殺人など、動物界にはめったに見られないような出来事が多くなってきた。物質文明の先鋭化は、人間が本来そなえていた「内なる自然」の崩壊をもたらしているのではないだろうか。


あの日、たまたま見かけた雁の群は昔からの流儀に一途に従って、残照の空を飛んで去っていった。そんな風景におそらく私は、もう二度と出逢うことはないだろう。

自然の慈愛の懐に抱かれ、自然を敬い畏れた人間のかってのの暮らしの在りようも遠い空に消えてゆくばかりなのだろうか。

日の暮れの時のあはひを雁渡る

ちいさな山椒の木

ちいさな山椒の木

山椒が好きである。煮魚やお吸い物に小さい葉を落として香りをつけるのも良いし、もし実を採ることが出来れば佃煮ふうに仕立てて冷奴に乗せ、微かな舌の痺れを楽しむのも快い。

それで、ふと植木市で見かけた鉢植えの山椒の木を買った。樹高が僅か三十糎ほどの若い木で、濃い緑の可愛い葉をたくさんつけていた。

そのちいさな山椒の木に、ある日、芥子粒ほどの黄色い卵がついていつのまにか小さな虫が孵り、いっしんふらんに葉を食べだした。

妻は眼を輝かせて
「アラ揚羽蝶の幼虫だわ」

むかし、妻は実家の庭の柚子の木についた揚羽蝶の卵を育てたことがあった。やがて虫たちは薄い翡翠いろの数匹の青虫に育って、葉の上をよく動きまわるようになった。緑色の兜をかぶったような形の頭をしている。試しにつついてみると、オレンジ色の角を兜のてっぺんから出してこちらを威嚇し、臭いにおいを放出する。そして相変わらず凄まじい食欲だ。

このまま放置すれば山椒が食い尽くされるのは明らかだった。

しかし何処に移しようもない。近所に、食べざかりの大勢の寄食者を引き受けてくれそうな大きな山椒や柚子の木などはないので、彼らの旺盛な食欲をはらはらしながら見守るしかなかった。せめて葉の半分でも残してくれればと願ったが、山椒宿の旅《たび》人《にん》たちには一宿一飯の恩を思う義理人情の心はまるでなく、押しかけ居候の遠慮すらもなかった。

彼らはほとんどの葉をたいらげてまるまると肥り、或る朝、突如として姿を消した。

「蛹の時期は、鳥なんかの外敵にいちばん無防備になるから、どこか秘密の場所に隠れてしまうのよ」

どこに隠れたのか、庭のあちこちを探しまわったが見つからない。隣の家の庭に這っていったものか。それでは、何のために宿を貸して飯まで食わせたのか、ひどく損をした気分だった。

山椒の木には小さな葉が三枚ほど残っただけで、陽射しに灼かれ雨に震えて不憫なかぎりだ。せっせと水やりをして介抱したが、余命はいくばくか、予断を許さない危篤状態だった。

薄情な旅人たちの消息を尋ねるのも忘れてしまった頃、こちらの油断を狙いすましたように、とつぜん、蝶があらわれた。

黒い縁取りのある淡い黄色のだんだら模様、後翅の裳裾には鮮やかな青と橙色のくっきりとした斑紋が浮かぶ。美しい揚羽蝶である。パーティで、別室に隠れて化粧を直し、人びとの熱い視線を浴びて戻ってきた華やかな美女のように、庭の片隅の茂みの上をふわりと飛んだ。かの虫の華麗なる変身だった。

胡蝶伝説に語られる古人は、蝶の夢とうつつを行き来するうちに自分が蝶なのか、蝶の夢をみている人間なのか、恍惚となりながらも実在の不安を想ったが、それも無理はない。陽に煌めいて多様な色彩をみせる蝶はまことに、魂を蠱惑する白昼夢の妖精のように美しい。

しかし、その美しい蝶には不吉なイメージも付きまとっている。

小さな卵から幼虫、青虫、そして蛹へと完全変態を遂げる生態の神秘が人びとの妄想や夢想を誘うのだろう。

たとえば西洋では、魔女が蝶に化けてミルクやバターを嘗めるという言い伝えがあって、凶兆の虫として嫌悪された時代があったという。

また蛹は、枝に固着させた一筋の糸で体を支えて羽化を待つが、その形状が首縊りを連想させるところから不吉な虫と言われた。

我が国の人々もこれと似通った想像を誘われたらしく、蛹が、後ろ手を縛られた女の姿を思わせたところから「お菊虫」と呼ばれたという。主人の大切な皿を割ってお手討ちにされた怪談「番町皿屋敷」のお菊である。

たしかに青虫は農作物を食い荒らすから、洋の東西を問わず忌み嫌われても無理はないが、しかし蛹の段階を経た蝶は、死者の口から出る霊魂の意味を含ませてプシュケと呼ばれ、一種の畏敬の念を呼んだものらしい。ローマの古い物語ではプシュケは蝶の羽を持つ美少女で、キューピッドに恋されたという。

東洋ではさきほど挙げた胡蝶の夢の例もあるとおりで、妖しげな美や禍々しさから蝶を非現実の世界のものと考える点は多くの国や民族の文化に共通している。醜悪な形状の虫から華麗に変身する蝶は、日常の存在から異次元への飛躍、またはありきたりの現実から一気に飛翔する詞華と言えなくはないだろう。

我々が讃嘆する古今の名詩歌も、平凡な言葉が完全変態の過程を経て、美しく昇華した蝶類のようなもの……と言っては、自然に対して少し不遜だろうか。

さて、哀れをとどめたのは山椒の若木で、華麗に舞う蝶は養い親である無残な山椒の木を非情にも一顧だにもせず、ゆらりと塀を越えて我が家の庭から飛び去ってしまった。

地味でおとなしい山椒の木は怨むでもなく怒るでもなく、おのれの運命を甘受していて、それがなおのこといじらしい。

気が咎めたあるじは懸命な介護をした。

鉢の土を柔らかくしたり、日当たりと風に気配りして鉢をマメに動かし、水やりも怠らず。その甲斐あってちらと緑が甦える気配を見せたが、それもつかのま、やがて古びたエンピツのように陽に焦げてとうとう茶色になって枯れてしまった。

この文章を綴っているあいだに、かっての詩友の訃報を聞いた。世間的に成功した男とは言えないが、純粋な詩心を持ち、数冊の詩集を残した。詩作に魅入られて生涯を犠牲にしたようなものだが、詩神ミューズに捧げた一生に悔いはなかっただろう。

おのれの命を枯らしてでも、いくつかの詩を飛び立たせたことを誇りとしているに違いない。

＊　伝説、俗説については主に、平凡社刊「世界博物図鑑」荒俣宏著の「蟲類」に拠る。

短章

文字のいのち

現代詩は檻のなかの珍獣のような気がする。ただし、愛くるしいパンダとは違ってタスマニア・デビルのような猜疑の目を檻の外の世界に向けている。

理解しようと近づいても、オマエなんぞにオレの悩みがわかるもんかという倨傲《きよごう》な態度で尻尾を振ろうともしない。

こんなことがあった。

昔からの友人たちに近況を訊かれて、今、詩人の世界に仲間入りして詩を書いていると言うと、理解不可能なものを見るような怪訝な顔をする。言い方を変えて、詩人協会や詩人クラブに入会していますと言うと、

「ハ？」と首をかしげるが、俄かに納得して「ああ、あれはいいですね、うん、肺の健康にいい」と妙に感心する。

「……？」

「ああ、それに咽喉の鍛錬にもなるんでしょうねえ」

「……？」

ハッと気がつく。慌てて説明する。

「あ、イヤ、詩吟ではなくてですね。シジンです。詩、ポエムのほうです」

すると相手は「はあ、そうですか。……わたしは詩はさっぱりで、むかし、教科書で読んだだけなものですから」

申し訳なさそうに呟いて、遠いものを見るような眼差しを私に向ける。

いささか、悲しい。

かなり多くの現代詩は、広く人々に愛されることを望まず、詩人の世界だけで飼われる珍獣のようになってしまったような気がする。

むしろ、そうであることを高踏的な誇りとしているような趣きさえもある。日本の四季に根ざす湿潤な情趣を棄てた現代詩がもっぱら目ざしたのは観念的な世界の構築であり、そこで使われるのは硬質な抽象言語が目立つようになった。

そして個人的な心象や感情、思想を表象するらしい暗喩は更に暗喩をかさねて読者を迷路に導き疲れさせている。現代詩を読み解くにはよほどの洞察力が必要だが、一番必要なのは読み通す忍耐力かも知れない。

先日、或る書家が主宰する「悠響書展」が、つくば市立美術館で催されたので出かけてきた。いわゆる「書道」の書というより、むしろ、書による絵画芸術のような作品群の展示が目立った。

淡墨、青墨のぼかしの技法を駆使した幽邃《ゆうすい》かつ雄渾な筆遣いで、篆書《てんしょ》や隷書《れいしょ》という文字の原初のかたちを描きだしていた。

書家の松川昌弘氏が目ざす〔造形としての書〕のありかたに賛同した人々……既に一家を為した人も師事したばかりの人々もそれぞれの力作を展示していた。

篆書は稀に印形などに使われるぐらいで、殆ど判読不可能な文字である。しかし、二千年余の古代の人々が森羅万象の姿を象形文字として象徴化し、記号化していった涙ぐましい知的な格闘の痕跡を想像することができる。

松川氏は言う。

「書」は、まず感じて欲しいと願うのだが、それはやはりムリで、鑑賞者は「何が書いてあるか」を理解の糸口にしてしまう。作品のエネルギーを消費してしまうそのアプローチがやむを得ないことならば、それを超える力で人の心を捉える造形を目ざしているのだ。

それは詩作にも通じる問題意識だろうと思った。論理や筋道を先に読もうとすると、本来の詩のパワーが失われる。詩の言葉は直接的に人の心を揺り動かす力を持たなければならない。言葉への不信や言語の破壊などと勇ましいことを言うまえに、詩人は言葉そのものの原初のかたち、或いは詩歌の始原の姿をもう一度見つめる必要があるように思った。

展示会場の壁面を覆う大小さまざまな書に囲まれていると、文字の本来のいのちが会場を満たしていて、あたかも無窮の宇宙に渦巻いて生まれる星雲や星々の囁きに包まれるようであった。

短章

空から落ちてきた言葉

「鳥が教えてくれた空」と言う本がある。三宮麻由子《さんのみやまゆこ》さんという、四歳で視力を失った女性が書いたエッセイ集である。

以前勤めていた出版社から刊行された本で、私が直接に編集に関わったわけではないが、この題名が企画提案された時、その素晴らしさを担当の編集者に対して褒めちぎったことがあった。

鳥の声が聞こえるあたりを「空」だと知る認識の方法に驚いたばかりでなく、僅かな手がかりを頼りに世界を知ろうとする少女の健気さに胸打たれたばかりでもない。

それは言葉の誕生、或いは人が言葉を獲得する瞬間の輝きを知らされたような感動だった。

空という言葉を知っていても、感覚で捉えなければそれは文字通り雲を摑むように頼りなく、抽象的で正体不明だ。その実感がなければ立っている地面さえ覚束なく、自分の存在さえも不確かなものになるだろう。

しかし、空という言葉と実体を結びつけて教えてくれたのが、空を飛ぶ鳥の声だったのだ。

五感を通して、つまり身体を通して知ることで抽象は現実と結びつく。そしてそのことで、自分自身の存在が確かめられる。

太古の昔、人間を囲む森羅万象は神秘のヴェールに包まれて意味不明、時には暴威を振るうこともあった。まさに気分屋の親に抱かれた嬰児のような不安と恐怖を抱いたことだろう。

そのなかで人間は、周囲の自然や環境にひとつひとつ名前を付けてゆくことでそれらの正体についての理解を積み重ね、怖れを克服してきた。

小鳥の賑やかな声、温かな日射し、爽やかな風、凍えるような風も冷たい雨も雪も、それら一切が行き交うステージが「空」！

空という文字の起源は、「鑿《のみ》などの工具で貫いて穴を開ける」ことにあり、むなしさや広いという意味を生むという。古人もまた、身近な道具と関連づけながら、得体の知れない広がりに「空」という名を与えたのだろう。

それは一人の少女が、鳥の声によって空を把握した行為に通じるようで、私が、「鳥が教えてくれた空」という言葉に感銘したのはそんな想いからだったに違いない。

孑孑《ぼうふら》のこと

孑孒のこと

孑孒は、ぼうふらと読む。しごく簡単で、平仮名よりも片仮名よりも字画が少ない。誰が作った漢字か知らないが、ま、こんなところでよかろうと気を抜いて作ったような気がする。孑孒の身としては、振り仮名をふって貰うのも気がひけるのではないか。貧しい家が豪勢な甍《いらか》を乗せたようなものである。

しかし、この漢字を暇に飽かしてじっと眺めていると、だんだん可笑しくなってくる。

（うん、待てよ。なかなか感じが出てるじゃないか……）

英語ではモスキート　ラーバ（mosqito larva）と言うが、直訳すれば蚊の幼虫のことで少しも面白くない。リグラー（wriggler）とも言うらしいが、これは蛇などが身をくねらせるとか、のたうって進むなどのリグル（wriggle）に由来する呼びかたであり、ますます無味乾燥だ。

それに比べて我が国の言葉はどうか。

ぼうふらの語源は「棒振り虫」であるらしい。これは生態をよく踏まえているうえに、小さな虫への愛着さえ感じられる言葉だ。

未熟な剣術を棒振り剣法と言って揶揄するが、ぼうふらの群がいっせいに散らばって動くさまは、町道場で稽古に励む子供たちのようで可愛らしく楽しい。

文字のかたちは尚更である。孑孑という文字はバランスが悪くて歪んでいるが、それもぼうふらの形態のようで、これはかなりよく出来た象形文字だとついには感心してしまう。

こうして見ると、英米語の名称はどうも理に落ち過ぎる感があるが、山川草木にもさまざまな精霊や神を見る我が国の命名のしかたには、詩やメルヘンの薫りがある。ぼうふらを親しいトモダチ扱いで眺めるような……。さすが「言霊のさきはふ国」だと威張りたくなる。

さて、孑はケツまたはケチと読むらしい。広辞苑では、ぼうふらを「孑孑」と、同じ文字を重ねている。ケチケチと読んでもいいのだろうか。

また、孑孒という文字も併記しているが、二字めの横線が貫かれていなくてますます不安定な形になっている。新漢語林（大修館書店）の字解によれば、孑は右腕がない事を示し、孒は左腕がないことを示してケツともカチとも読むとある。

たしかに、庭の片隅に放置した水甕などに生まれたぼうふらを見ていると、どうも泳ぎ方が滑らかでない。

日本の伝統泳法のひとつに片手泳ぎというのがあって、全身を屈伸させてヒョイヒョイと進む、そのぎこちなさに似ている。ぼうふらの場合は、ヒョイヒョイではなくてケチケチか。

有馬籌子《かずこ》さんという俳人にこんな句がある。

「ぼうふらの水に階あるごとく攀《よ》づ」

なるほど、ぼうふらは水底から一階二階と飛びあがるように昇ってくる。俳人はよく物を見ているものだと感心した。

また、字解によれば、孑には「いとけない」とか「ひとり」という意味があるそうだ。「いとけない」感じは、ぼうふらの泳ぎのぎこちなさに通じるが、「ひとり」のほうはどうだろうか。ぼうふらは放置された水甕などで一斉に群をなして孵って、えらく賑やかなのを喜んでいるように見える。とても「ひとり」とは言えない。

しかし、たとえば老人が所在なげに日向ぼっこをしている姿を「つくねんと座っている」などと形容するが、その「つくねん」を漢字では「孑然」と書く（新漢語林、大修館書店）。「孑然」はケツゼンとも読んで、独り抜きんでるさまを言うそうだ。「孑」はやはり「孤」を意味するのだろう。

そんな意味を知ったうえでぼうふら達を眺めていると、たしかにやたらに群れてはいるものの、それぞれの動きはばらばらで勝手気ままである。同じ水甕に一緒に生まれたという連帯感やお互いの親しみというものがまるで無い。「オイラはオイラ」「アタイはアタイ」と、口には出さないものの、めいめいが黙々と孤独な上下泳ぎを繰り返している。

先ほどの俳人、有馬籌子さんは早くに夫を亡くし、俳句を終生の心のよすがとした人だそうで、「死ぬるまでかくてひとりや冬牡丹」という名句を残している。この俳人が、水甕の底から這い上がっては沈むぼうふらをじっと眺めている姿を思い浮かべると、どことなく切ない想いがする。

いったい、ぼうふらは何故あのように飽きずに上下運動を繰り返すのだろう。よもや筋肉を逞しく鍛えて吸血の明日を夢見ているのではないだろうとは思うのだが。

気になって百科事典を開いてみる。

すると、ぼうふらの腹の端には一本の小さい呼吸管があって、それを水面から突き出して空気呼吸をするとある。なるほど、一回の運動でまことに微小な空気を吸って沈み、すぐに苦しくなって天井を目指しているのだ。

おおぜいで生まれながら、連帯感がない理由が分かった。ほかのヤツなど構っちゃいられない。ひとりで生きるのに精いっぱいなのだ。庭の主に見つかって水甕の水がぶちまけられないうちに慌ただしく脱皮を繰り返し、なんとか生きのびて空中に飛び立ちたいのだ。

「ぼうふら野郎」などとバカにされ、人間から殺意の視線ばかりを浴び、隙あらば集団殺戮を仕掛けられる幼年時代を生き延びたぼうふらは、世間への怨念を心中に蓄えたままに成虫となる。そして、それぞれのDNAにしたがって「双翅目カ科ナミカ族」の「ヤブカ属」や「イエカ属」などに分かれ、人や動物を襲って吸血し、時には恐ろしい病原菌の運び屋ともなる。

なぜ彼らは人の血を吸うのか。

ふだんは花の蜜などを吸っているらしいので、それだけならば愛すべき虫として、夏の風物詩のひとつとして親しまれたかもしれない。螢ほどではないにしても……いや、やっぱりムリか！

雄ではなく雌の蚊だけが血を吸うのは卵を産むためらしい。つまり、常食である植物の液などではパワーが得られないので、良質な蛋白質を求めて人の血を吸うのだ。子孫の繁栄を祈って、彼女たちは凶暴な人間を襲う危険を冒すのである。むかし「タンパクシツが足りないよ。だから疲れるんだ」という栄養ドリンクのCMがあったが、夏の夜、あなたに近寄る蚊はかのCMソングを歌っているのである。

たまたま、よろよろと重たそうに飛ぶ蚊を見つけて叩き潰すと、腹いっぱいに吸った血が掌にこぼれることがあって憎さがいっそう募る。

しかし待てよ、彼女は虎口を脱出した安堵感と、間近に控えた出産の喜びのなかで突然の悲劇に見舞われたのだ。こんなに哀れなことがあるだろうかと、つい同情してしまう。

名優、森繁久弥さんの愛好した俚謡《りよう》にこんなのがあるそうだ。

「人を刺す蚊になるまでのぼうふらは泥水呑んで浮き沈み」

さすが苦労人の森繁さんは、自然界の片隅のいじけた世界に住まいするぼうふらにも生の哀しみを見ているようだ。

しかしながら人間にとって、蚊ほど百害あって一利なしの生き物は珍しいのではないか。花粉を運んで植物の手助けをするでもなく、草の液を吸うだけ、血を吸うだけ……。

役立たずがあんまり気の毒なので強いて彼らの存在意義を挙げれば、この地球で我が物顔に振舞う思いあがった人類に、自然は決して独占物ではないゾと警告を発しているとも言える。人間が犯す自然破壊や殺し合いに比べれば、公園の男女の逢引や安眠の妨害などはささやかなもので、人間に大きな鉄槌を下さずに小さな針でチクリと刺すぐらいなのだから、まことに慎ましやかな抗議である。

とは言え、近年では、ジカ熱ウイルスの運び屋として恐ろしがられたことがあった。

特に、妊婦が蚊に刺されると小頭症の子を産む可能性があるとされ、代々木公園などでは蚊の住処である藪や繁みに大規模な薬剤散布が行われた。

その甲斐があって無事に終息した今になって考えてみると、あの騒ぎは蚊の雌が人類の女性をおびやかした椿事、双方の子孫の命を懸けた戦いだった。

その時、蚊の雄も我ら男性も何をしていたか。片や草の液を吸い、片や酒などを食らってのんびりしていたのではないか。

オトコというものは、現在の享楽をむさぼることに夢中になりがちで、未来の命の存続にやや冷淡なところがあるような気がする。

子孫の繁栄に関わる大事をよそに傍観していてはオトコの無責任をなじられ、女性の怨みを買ってしまう。それほど恐ろしいことはない。その点では、蚊のオスと人間の男は分かりあえるのではないか。……


いや、やっぱりムリか。

短章

酔生夢死《すいせいむし》のこと

長いあいだ、理想の境地を言うのだと思っていた。酔生夢死という生き方のことである。

酒を飲んで日々を楽しみ、夢のなかで息絶えるなんて素晴らしい。ピンピンコロリの往生を願ってもなかなか叶えられないから、これは人々の切ない願望のことだとばかり思い込んでいた。

認識を改めたのは、恥ずかしながらごく最近のことである。何気なく繙いた辞書には、何の為すところもなく、いたずらに人生を終えることとある。かなり侮蔑のニュアンスに満ちている。

作家の有島武郎は著書『惜みなく愛は奪ふ』のなかで「……或いはか

くの如き人々を酔生夢死の徒と呼んで唾棄するかも知れない」などと叙述して、かなりの悪口として使っている。大作家にまで言われたのでは仕方がない。

この言葉に暢気で気楽な人生を思ったのは脳天気な私の思い込みで、極楽とんぼが飛びつきそうな我田引水の解釈だった。

いろいろと調べてみると、これは北宋時代の儒学者、程頤《ていい》が「明道先生行状記」という書物のなかで述べている言葉だった。原文の一部を要約すると、次のようである。

「どんなに才能と智を備えていても、自分の見聞だけに頑《かたく》なにこだわる者は一生を酔っ払った心地で過ごし、夢を見ているままで死ぬようなもの。真理を悟らないままの、まことにつまらない生き方である。」

自分の見聞にこだわって何が悪い、頼りになるのは自分の見聞しかないではないか。……と開き直りたがる私などはさぞかし程頤先生に怒られそうだが、この先生、あんまり厳しくて周囲と妥協せず、その為に、詩人として高名な蘇東坡《そとうば》やその門下生たちと争ったあげくに宮廷を追放されたそうな。

自分の見聞に頑なだったのは先生のほうではなかったかと言いたくなるが、詳しい事情は不勉強なので分からない。

ところでこの蘇東坡ものちに左遷されて地方を転々としたが、「前赤壁の賦」という作品のなかで、酒に酔う楽しさを暢気に歌っている。長江に舟を浮かべ、友人と酒を飲み交わすうちにまことに愉快な気分になり、船端を叩いて「羽化登仙《うかとうせん》」の心地を朗唱したという。

これは、中国神仙思想にある言葉で、人間に羽が生えて仙人の境地に遊ぶ気分のことだそうだ。つまりは悠揚たる長江の流れに浮かんで、船中に汲む酒の楽しさを歌ったもの。程頤先生が白眼視する酔っ払い天国である。

蘇東坡と程頤先生が相容れない存在だったことが容易に想像できる。

しかし、後世に広く長く名を残したのが蘇東坡のほうだったのは、人生の悟りを追い求めてやまない謹厳な先生にはお気の毒であった。

さて両先生より千年も遅れて生を受けた愚かな私は、ひたすら人生の真実を追う生き方を理想とするか、それとも須臾《しゅゆ》の生を達観して幻に酔う生き方を選ぶべきか。

たとえば、目の前に二つの樽が置かれていたとする。ひとつには、生の実相の秘密と真実、もう一つにはなみなみと湛えられた琥珀色の酒。

どちらか一つだけを選べと言われたら、さて、あなたならどうする？

私はどうも、琥珀の樽を選んでしまいそうな気がする。

おしごと

感動しても決して詩には出来ない光景がある。なぜなら、すでに充分に詩になっているからで。

保育園の散歩で、三歳の女の子が綺麗な花壇をジッと眺めてこう言った。

「せんせい、おはな、だれがいろぬったの？」

「え、誰が塗った？」

「おっきくなったら、おはなにいろぬるひとになりたいなあ」

保母さんが書きとめて、新聞のコラムで紹介された挿話である。*

（お花が綺麗なのは誰かが色を塗ったからなんだ。きっとそういうお仕

事があるんだ）

クレヨンで描くのが嬉しくて、すっかり絵が好きになった女の子なのだろう。

あたりが真っ白な画用紙のように輝いている人生の季《とき》が誰にもある。世間智で汚されてしまうまえの、生まれたての神話のような世界が……。

この挿話はまた、人が知を得てゆく初めの一歩を示しているようで興味深い。自分が体験している小さな世界の認識をまず手がかりにして、幼い者は思考を拡げ深めてゆく。

何のことはない。それは大人も同じで、世界についての考察やほんとうの理解は、自分の感性と体験の延長線上にしかないのかも知れない。

童心の素晴らしさについては、さらに思うことがある。

子どもが描く絵の世界は独特のものがあって、大人は到底及ばない。

テレビドラマなどの小道具として、劇中の子どもが描いたとされる絵が映されることがあるが、「ははあ、これは美術さんか、或いはスタッフの誰かが子どもの絵として描いたな」と判ってしまうことが多い。どんなにたどたどしく幼い筆致を真似ても、大人は子どものようには描けないのである。

かって、昭和天皇が展覧会場に飾られたクマガイモリカズ画伯の絵をみて、「これは子どもの絵か?」とお尋ねになったことがあったそうだが、それは画伯にとっては最大の褒め言葉だったのではないだろうか。

仙人と言われた画伯にして、やっと到達できた画境であろうと思う。(蛇足だが、画伯の絵が単なる稚拙とは言いがたいのは勿論だ。)

ともあれ、現実の風景や事物が子どもの心にどんな像として結ばれるのか、大人には想像もつかない。子どもは、さまざまな絵画技法の理論などを思いもせずに、世界が語りかけるままの姿を無心に紙に写しとるだけである。

人の鼻の下のかすかな凹みを〝天使の指の痕《あと》〟と、西欧では言い習わすそうだ。赤ちゃんがこの世に生まれ落ちるとき、天の楽園の楽しさを人には告げないようにと天使が指を押し当てた痕だという。

私たちがほんとうは知っていたのに遠く隔てられて、記憶さえも消し去られてしまった世界。

今となっては帰ることも辿り着くこともできない世界に憧れて、わけもなくこみ上げてくる切ない感情が、或いは音楽や詩歌、絵画などの芸術を生む力となっているのではないだろうか。

曇りのない眼と心を失ってしまった私たちとしては、時にはせめて童心の絵や文章の楽園の風に触れて、世間智に汚れた心を洗ってもらう必要があるようだ。

＊朝日新聞２０１９・５・10

真っ赤な唐辛子

真っ赤な唐辛子——詩と私とテレビのしごと

茨城県詩人協会は、毎年県内各地で詩人達と一般市民達が集う「詩祭」を開催していますが、これはその一環として行なった二〇一七年秋の石岡市での講演を補筆し、加筆したものです。

1　刷りこみ

突然、妙な話から始めますが、ローレンツという動物学者が唱えた「刷りこみ」という現象をご存知だろうと思います。アヒルやカルガモの子が、殻を破ってから初めて出会った何かを親と信じてヒョコヒョコとついて歩くという習性です。私は詩についてこれに近い体験をしています。

今日の題の「詩とわたし」ということになると、それを飛ばすわけにはいかないのでこんな思い出話から始めさせてください。

幼い頃の私に初めて文字を教えてくれたのは一冊の北原白秋の詩集でした。詩集と言っても、父が買ってくれた子供向けの「童詩集」です。私が四、五歳くらいのことでした。ハードカバーの美しい表紙で、本文の紙も上質でした。

母が繰りかえし読んでくれたし、家事のお手伝いに来ていた従姉が何度も読み聞かせて呉れました。それで、たちまち一人でも読めるようになりました。

この世に文字というものがあって、本のなかには何だか楽しい世界が広がっているということを、その詩集は知らせてくれました。綺麗な挿絵と明るい詩がよほど心に滲みこんだらしく、この年齢になっても諳んじられるいくつかの詩の断片があります。

たとえば……


「ツピーツピーと小鳥が鳴けば　谷でチョロロと水の音ひびく」

「買ってもらったリュックサック　夢にみていたリュックサック」

「軍艦みたいな台所　じゃがいも剝《む》き剝き母さんが代用食よとおっしゃった」

その詩集が手元にあったのは、国民学校（今の小学校）入学をはさんだほんの三年間ほどのことです。横浜から東北の町に疎開したのは終戦の前の年、私が一年生の時で一足早く親戚に預けられたのですが、暫くしてやってきた家族はたくさんの家財道具を置いて来てしまいました。その本も一緒に整理されてしまいましたので、さっき諳《そら》んじた言葉はすべてうろ覚えです。

白秋は言葉の魔術師、錬金術師と讃えられていますが、後には戦争協力の詩を書いた詩人として指弾されたのはよく知られています。その本の始まりにも確かにそんな詩がありました。

「満州国皇太子がお生まれになった　バンザイバンザイ」

そんな詩でしたが、子どもの私にはあまり面白くなかったので、そこはいつも飛ばしていました。

念のために申し添えますが、満州国というのは、中国の東北地方に日本が作りあげた傀儡国家です。大陸への侵略という事実を隠蔽するために、関東軍が昭和の初めに建国しました。映画「ラストエンペラー」で知られる溥儀が初代皇帝につきましたが、なんの権限もなく、ただ飾り物の皇帝でした。

戦後、ずいぶんと後になってから知った事です。

当時は国策に沿った詩や文章がないと印刷する紙が供給されなかったそうで、作家も出版社もたいへんに苦労しました。そこでこのような詩を冒頭に置いて当局の出版許可を取り付けたのでしょう。戦争賛美の勇ましい詩にくらべればこれはマシなほうですが、ともかくその苦心のおかげで当時の物資不足のなかでは珍しい、美麗な本が子ども達に届けられました。今でも私の記憶に残る白秋の詩の本はそんな時代の産物だったのです。国民総動員などという国家の統制は、まず言論や出版の自由を奪うことから始まるんですね。それも大人になってから分かったことです。

さて昔話はともかく、黴が生えてきたようなこの脳細胞に今も甦ってくる詩の言葉の強さは何でしょうか。

ツピーツピー、そしてチョロロというふたつの言葉は単純ですが、却って子どもには理解しやすいオノマトペなんでしょう（オノマトペ：実際の音を真似た言葉）。しかもそれが対句となって、自然が互いに呼びあうような効果を生んでいます。更に「買ってもらったリュックサック」という、弾むような破裂音の繰りかえしにも浮き浮きした嬉しい気分がありました。

無論、自覚的に分析出来たのは後のことですが、私が出会った白秋の童詩は定型詩の快いリズムを踏まえていたので、言葉を覚えたての私を魅惑しないわけがなかったのです。

その音楽的な心地よさは、その後、自分で詩を書くようになっても無意識に求めている……というか真似ているようなことがありまして、それは効果を生むこともあれば調子の良さに流されてしまうこともあるので、よほど気をつけなければならないと思っています。

2　白い嵐

さてその後、私は十歳を越えて世間をそれなりに見られるようになりました。その頃、私の心に影を落としたのは、七歳年上の兄やその友人達の世代の精神の荒廃でした。後に覚えた言葉で言えば「デカダンス」、あらゆる権威への不信と怒りと嘲笑でした。

それまでの国家が主導した価値観がひっくり返った時代でした。国のために死を覚悟していた特攻志願の青年達や、学校とは名ばかりの工場労働、産業動員の軛《くびき》に縛られていた若者たちは、突然に解放されました。指導者達から何の反省も謝罪もないままに、あとは自分の力で生きていけとばかりに飢えと貧困の町に放り出されたのです。

そんな状況の中で、身近にいた若者たちは、まだ幼い私にも大人達の節操のなさや社会の欺瞞、既成の権威や価値観への強い不信と憎しみを語りました。

充分には理解できない私は、ただ途方に暮れてそんな話を聞くばかりでしたが、兄たちの世代の荒れすさんだ心の光景が意識の底に自然に滲みこんだようです。

その頃、町のあちこちには、松の木の根っこがゴロゴロと転がっていました。アメリカの対日石油輸出禁止が最終的なきっかけになった戦争でしたが、案の定、開戦から二年もすると飛行機を飛ばすガソリンの備蓄さえも底をついてしまいました。松の根っこは、ガソリン代わりの油を採る為に国民の労働奉仕によって掘り出されたのですが、結局、多くはムダになってしまいました。

村や町の、或いは学校や神社仏閣の松の大木は無残に伐られ、その大きな根っこはひっくり返ったままに長いあいだ放置されていました。それは、帝国日本という怪物の断末魔の悪あがきのように、空を掻き毟って転がっていました。

風が吹けば砂や土埃が舞う殺伐とした町の片隅には、いつのまにか闇市が出来ていて、私はなんのあてもなくうろつきました。安っぽいながらも子どもの興味をひく玩具のたぐいが並んでいたからですが、経済的に余裕のない家の私にはそれさえも容易には買えませんでした。

疎開先の町に居ついてしまった私の家族は、残った衣類や掛け軸、母が大事にしていたお琴などをも食べ物に換えて暮らしていましたので、子ども向けの本も遊び道具もいっさいありませんでした。

そんな私を救ってくれたのは、町の青年有志が立ち上げた「児童文化協会」という団体でした。その運動の中心は郵便局に勤める若い人と、どうも何処かの先生らしい若い人でした。若い二人は、町内の子ども達のなかから歌の上手な子や芝居の出来そうな子を選んで音楽や演劇の公演を年に一度開催していました。

余談ですが、当時はまだ米軍の占領下でしたので、そのような文化活動もＧＨＱ（連合国軍司令部）の許可を得なければなりませんでした。そのために二人は上演の脚本を持ってなんども隣町に出かけなければならなかったそうです。ずいぶん後になって聞いたことです。

私は、疎開者で経済的には豊かとは言えない家の小学生でしたが、比較的に言葉が明晰だったせいで、宮沢賢治の「雁の童子」「雪わたり」「カイロ団長」や、ペローの「長靴をはいた猫」などの主役や脇役を一般の町民も集まる劇場で演じました。中学生の時にはいくつかの学校が集まる演劇大会で、加藤道夫の戯曲「あまんじゃく」の解説者役を演じて特別に演技賞を戴きました。

沢山の観衆の前でスポットライトを浴びる演劇の世界は、いつも空腹を抱えて痩せていた少年に異空間の世界に生きることを許してくれました。また、人々から喝采を浴びることで自分自身にひそかな自負心を抱くことができました。

どういう経緯で「児童文化協会」なるものが出来たのか、また、その活動資金はどこから出ていたものか、演劇をただ無邪気に楽しんでいた私達には分かりませんでしたが、子どもの文化がとりわけ荒廃していた時代にあって、有難い事だったと今でも感謝しています。

そしてもうひとつの救いは、近所の或る青年に案内された詩の世界でした。

この青年は当時流行《はやり》の新興宗教にのめり込んだりして、幼い私までを巻きこもうとするものですから悩まされもしましたが、文庫本の詩集などを読ませてもくれました。私は、「僕の前に道はない。僕の後ろに道は出来る」という詩のコトバに奮いたって眉をあげて歩いたり、「汚れっちまった悲しみに　今日も小雪の降りかかる……」という詩を噛みしめながら、ことさらに悲しげな表情で町を歩いたりしました。十歳ちょっとの頃ですから、まだ、今ほどは汚れていなかったと思うのですけれど……。

中学生ぐらいになると短い詩を書いて、中学生新聞に投稿して楽しんでいましたが、こんな想い出を綴って何を言いたいのかというと、本来の私は多分に楽天的でのんびり屋、ロマンチックな気質を持っていたということです。

しかし町を囲む自然は、美しく豊かである反面、非常に厳しかった。長い冬の夜などには、吹雪が凄まじい唸り声をあげて町の辻々を吹き荒れます。その吹雪の音を恐れるように、私は頭を抱え込んで眠りました。そんな時、私の脳裏には生まれ故郷の眩しい白亜の街や青い海、白い外航船の姿が浮かんでいました。その追想と現実が交錯するような白い嵐は、時折訪れてきては私を悲しませ、また私の志向性を混乱させました。

一方に土着的で、厳しく重い情念へと誘う世界、他方には軽快で明るく楽天的な世界。この二つが私の心にテリトリーを作って勢力争いをしたり、渾然と融和したりしました。

そして既に述べたような荒廃と混乱は地方の町にも及んでいて、夢想に耽って物語の世界に酔いたい少年を放っておいてはくれませんでした。

3 或る青年のこと

私を可愛がってくれた近所の青年は自分の詩を私に読ませたり、当時の「詩学」という雑誌や詩の同人誌を見せてくれました。そこには絶望的で暗く、不信と怒りに満ちた詩が掲載されていました。

私が「いいな」と思っていた伝統的な抒情的な詩はそこではどうやら軽蔑されたり攻撃されたりしているらしく、言語による新しい世界を構築するとして、硬質で観念的、形至上的な詩が紙面を埋めていたように思います。ダダイズムやシュールリアリズムという言葉も流行《はや》り風邪のように吹き荒れて、私の理解力不足だったかも知れないけれどとにかく難しくて、これが分からなければ詩を書く資格がないと言わんばかりの難解な詩句に溢れていました。

それにくらべて、私の詩などは情緒的で幼稚なものでした。ほんものの詩の世界がどんなに厳しいかを当時の年長の詩人達は詩の雑誌のなかで語っていましたから、私は現代詩をしだいに敬遠するようになりました。

更に、その頃の私の心を暗く覆ってしまった出来事がありました。

私を可愛がってくれていたその文学青年が精神に異常をきたしてしまったのです。なんどか異常な行動があった挙句、とうとう発狂してしまった青年が、頑強な白衣の男たちによって病院車に収容されて去って行った光景は私の脳裡に長く焼き付いていました。

　今にして思うと、青年はむしろ退廃的で刹那的なアプレゲールになるか、ニヒルな不良になったほうが良かったと思うのです。そのほうが、彼に精神の逃避の場所を提供してくれたのではないでしょうか。

　しかし、彼はまったく真面目一方の求道的な人でした。まだ十九、二十の青年なのに真冬に水垢離をとって祈るような人で、既成の宗教や新興宗教、そして文学を経巡ったあとでの精神の破綻でした。

　戦後間もない昭和二十三年は、特に異常な年だったようです。銀行員十二人を青酸カリで殺して金を奪った帝銀事件があった年ですが、この年にはまた、寿産院事件というのがあって、貰い子の一〇三人を飢死させて養育費や配給品を着服した夫婦が逮捕されました。

　同じ年には、一年間になんと五一五の新興宗教が生まれたと、家庭史年表（平凡社）に記録されています。五一五の新しい宗教団体！　踊る宗教の信者たちが東京の数寄屋橋に現れて法悦の境地を舞い、話題を呼んだのもその年でした。

高校生になって、私はドストエフスキーの『カラマゾフの兄弟』を読みましたが、そのなかで無神論者イワンが大審問官に託して語った言葉に衝撃を受けました。それは、こういう趣旨の言葉です。

「自由は重い。人間にとって自由は耐え難いのだ。心弱く自律出来ない民衆は頼れる権威を探し求め、判断と指示を乞うて、進んで自由を差し出し、奴隷のように権威に従いたがるのだ」というのでした。

当時は「自由」という観念がもて囃されていた時代でしたから、私はいきなり冷水を浴びせられたような心地がしました。

大日本帝国が崩壊すると、今度は新興宗教に熱狂し、右だ左だと旗を振る人間にゾロゾロとついてゆくのも、精神の自由を恐れる民衆だからなんだと納得したのです。未熟で不遜な思考だったのかも知れませんが、その青年は、崩壊した帝国日本の権威のかわりに新たな権威を求めてさまよい、そのあげくに破綻してしまったのだと考えました。精神の自立を果たせなかった人間……そう考えなければ、彼の破滅的で狂熱的な影響から抜け出せなかったのだと思います。

この青年との一部始終についてはまだ多くを語れませんが、人格が内部から崩壊してゆく姿を身近に目撃したのは衝撃的な経験となりました。そして一時期の私をかなり内向的な性格にし、人間という存在の脆さ、危うさについて突き詰めて考えるように仕向けたと言えます。

どんな時代のどんな年代にも、それなりの人生の悲しみや淋しさはあるものです。慰めを求める私に現代詩の雑誌は応えてくれず、むしろ古い世代の萩原朔太郎や室生犀星、中原中也、高村光太郎などの詩を私は愛読しました。当時の激しい時代が否定し葬ろうとしていた詩人達の詩集です。暗い思いをする日々に、私は、生き方を励ましてくれる詩や優しい悲しみを湛えた詩に癒しを求めたのだと思います。

詩作は細々と続けてはいたものの、そんなわけで当時の詩の潮流とはあまりにも遠いと思いこんでいましたので、有名誌への投稿などは考えもしませんでした。

かわりに私の創作意欲が向いたのは短篇小説や演劇の本です。高校時代に二篇の短編、大学時代には短篇ひとつと戯曲を書きました。いずれも若書きの粗末な作品ですが、それらを青年期への置き土産として、私は生業に没頭することとなりました。

＊ 昭和二十三年9月9日、数寄屋橋にて北村サヨ、「無我の舞い」踊る宗教。この年空前の新興宗教ブーム、一年間に五一五の新教団が生まれた。
「オー、ミスティク事件」一九歳の青年が日大職員の給料を強奪、二日後、愛人と共に逮捕されて「オー、ミスティク」と叫んだ。アプレゲール。

4 響く

それが何であれ、モノを創る仕事への畏敬と憧憬の念がいつのまにか身についていましたから、ＮＨＫの番組制作部門に就職出来たのは私にとって幸せなことでした。

企画を立てて取材し、構成し完成させてゆく仕事は創作意欲を満足させてくれたし、達成感を与えてくれました。

長いNHK生活では、番組の制作だけをしたのではないのですが、その一時期に、私が「中学生日記」を担当していたと聞くと、大方の年配の方々が「ああ、あの番組！」とおっしゃいます。放送は電波に乗って消えてしまうものですから、多くの人々の心に何がしか刻むものがあったとすればたいへんに嬉しいことです。*

「中学生日記」は取材を重ねてストーリーを練り上げ、実際の中学生たちに演じてもらうというユニークな番組でした。当時はたいへんに評判を呼んだシリーズでしたが、それは私といっしょに制作のチームを組んでいた同僚のディレクター達や、名古屋放送局全体の熱っぽい支持があってのことでした。

そのころは、放送した番組について一般の人々から沢山の感想や投書を戴いて励まされました。新聞の全国紙や月刊誌、週刊誌、タウン誌などの取材が頻繁にありました。手前味噌かも知れませんが、その頃のシリーズには優れた作品が多かったし、また、普通で平凡な十代の心に寄り添いながら、社会や家庭の問題に切りこんだ番組の姿勢が人々の心を摑んだのだと思っています。

こんどの講演では、番組制作と詩作を重ねて話して欲しいという注文がありました。しかし、NHK退職後の私は、大きな組織から意識的に離れて詩作の世界に入ったので、番組制作と詩とを関連付けようとは思ってもみませんでした。

しかし、その二つの接点を探して色々と考えたあげくに浮かんだのが、「響く」というキーワードでした。心に〝響く〟ことがなければ詩も文章も番組も創ることが出来ない……平凡なことですが、それが真実だと思います。

それはどういうことでしょうか。

NHKのOBが作っている旧友会という組織があります。それぞれが生きた時代の仕事の回顧を綴った文章やお互いの消息を伝える会報を定期的に発行していますが、この春に、その編集者から初期の「中学生日記」について短い文を書いて欲しいと言う注文がありました。

そこで、当時の放送の反響や、私の原稿が載った雑誌や新聞などの赤茶けたスクラップブックを眺めていたのですが、ふと我ながら眼がしらが熱くなった或る記事に眼がとまりました。それを例に、「響く」ということについて述べたいと思います。

「歩きつづけて」という、万引を描いた番組に寄せられた感想の記事です。

万引は年齢層を問わない犯罪ですが、中学生世代ではごく悪質なケースを除けば殆ど悪戯気分のゲーム感覚で、たとえバレても「謝まりゃいいんだろ」って考えている子どもが多いようです。

子ども部屋にいつのまにか洒落た服や靴、新品のラジカセがあって親が驚いたり、友だちからちょっと借りてるだけなんて言う子どもの言い訳を鵜呑みにして、盗みをエスカレートさせてしまった親たちもいました。

また放課後の教室や学校の外で、万引した品の交換会を開いたり売り買いをするなどという事例もありました。そういうヒドイ話は、何人かの先生達や生徒たちから取材できましたが、さて、事実がどんなに興味深くて衝撃的でもドラマにはならない。三面記事的な好奇心だけでは番組にならないのです。そのために、せっかく集めた事実の記録は一年余りも取材ノートのなかで眠っていました。

それが或る時、急に光がさしました。或る万引き少年の父親の体験を聞いたことで、もやもやした頭の中が閃光を浴びたように整理されたのです。

おおまかなストーリーの輪郭が浮かんできて、すぐに企画提案を行なうことが出来ました。

さてどんなドラマになったか。

私が述べるよりも、新聞に寄稿して掲載された当時四二歳の主婦の感想を紹介します。私のスクラップブックに残っていたものです。

『今日の午後、テレビを見ながら、思わず泣いてしまった。涙もろくはなったけれど、こんなに身につまされたのは、私の反省がそれだけ深かったのかも知れません。

或る中学生が友だちと一緒に万引をしてつかまり、学校に連絡がいきました。先生に呼び出された母親が「うちの子だけなら、こんなことをする筈がない。友達が悪い。先生の監督が行き届かない。お母さんは恥ずかしい」と、ツンケンしながら、もっぱら警察沙汰や内申書のことを心配します。

ところが、夜になって帰宅した父親は叱責も愚痴を言わずに、今までに万引した店と品物を書くように息子に言うだけでした。

そして翌日の日曜日、父親は息子を連れて町を歩き、万引きした商店に侘びてまわります。正直に謝っても店の主人に怒鳴られ、居合わせたお客たちに好奇の目で見られます。そのなかで父親は「私が悪かったのです。どうぞお許しください」とひたすら詫びるだけです。父を見詰める息子。更にいくつかの店を回り続けるうちに息子は突然立ちどまってしまいます。眼には涙がいっぱい。

「お父さん、ご免なさい。僕、本当に悪かったよ。後の店は一人で行くよ」と息子は震え声で言います。

しかし、汗を拭きながら父親は「いいんだよ。一緒に行こう。おまえの過ちは、お父さんの過ちだからな」と言い、二人は連れだって真夏の街を歩き続けるのでした。』

更に主婦はその感想文のなかで、日頃、子育てに無関心なようすの父親に不満ばっかりだったが、このドラマによって、女親とは違う父親の愛情の在り方に気づかせられたと綴っていました。

番組のモチーフについて、この主婦の感想の他に付け加えることは殆ど無いように思いますが、母親父親の在り方についての論はともかくとして、遊びのような万引きの罪深さを理屈抜きで少年が納得するためには何が必要なのか。それを問うことが一番の狙いでした。

「中学生日記」には数人のシナリオライターがいます。私はその一人に万引きをテーマとする脚本の執筆を頼みました。

そして、少年が仲間と万引のスリルと成功の昂揚を楽しむさまや、発見されて捕まったときの恐怖、そして初めに訪ねた店の主人が寛大に赦してくれたのでいい気分になり、いっそう軽く考え始めてしまった少年の姿、その軽薄な意識が次第に変化する心のさまを描いて欲しいと注文しました。

どの脚本家に執筆を依頼するときでも、私は、ストーリーがおぼろげにでも浮かぶように努めていましたが、この場合は特に明確に起承転結の輪郭を提案することが出来ました。それも、ある父親のエピソードが私の心に「響いた」からです。そうでなければ、万引をめぐる諸々の話は取材ノートに書きとめられたまま、陽の眼を見なかったことでしょう。

具体的な事象の数々はふとしたきっかけで、より高次な抽象性を帯びたテーマによって整えられます。

私の詩もこれと殆ど同じ経緯を辿って生れてくるように思われます。

常日頃、見聞きして気になっていること、抱き続けている悩みとか問題意識、いろいろな感情や思考の波に、たまたま出会った言葉や目撃した出来事などが急に詩を囁くのです。それは殆ど稲光のようです。

しかし、それは滅多にはないことなので、何も書けない時が続くと虚しくて悲しいのです。だから、いい詩はなかなか出来ません。しかし、平易な言い方をすれば、いつも心に詩を思っているからこそ、そのような事象や片言隻句《へんげんせっく》が詩を囁いてくれるのだと思います。

＊「中学生日記」１９７２年から毎週日曜日一時五分からＧＴＶで放送された。２００３年からＥＴＶに移行。主に、ごく普通の中学生が抱える問題をとりあげて親世代や社会に問うドラマとして反響を呼んだ。２０１２年３月に終了。

5　しのたまご

一昨年、私の詩が幸いにも伊東静雄賞の対象となり、授賞式に招かれましたので飛行機と列車を乗り継いで諫早市まで行ってきました。

横浜市のいわたとしこさんという優れた詩人と二人で、奨励賞として賞を分けあう共同受賞だったのですが、その対象となった詩は「しのたまご」*というタイトルです。これも、ひとつの言葉が心に響いて、詩を囁いた好い例でした。

私は今、茨城県の石岡市内の老人ホームに入居していますが、御主人を亡くされてお一人で暮らしておいでの或る高齢の婦人との立ち話のなかで、心に響く言葉が零れてきたのでした。

もう五十年以上も昔の、御婦人の想い出話です。

当時健在だった水戸生まれの御主人が、幼い長男に論語の素読を毎朝行うように申しつけました。息子さんは言いつけを守って「子のたまわく……、子のたまわく……」と繰り返して読んでいたのですが、たまには忘れたり怠けてしまうことがありました。そんな時に幼い妹が、「お兄ちゃん、今日はやらないの。しのたまご」と、口を尖らせて咎めたというのでした。

その娘さんは若くして亡くなってしまいましたが、「しのたまご」と言って、兄に注意をした可愛い顔を今でも思い出すのだと、御婦人は少しはにかみながら話してくれました。*

そんなちょっとした立ち話の中で、「しのたまご」と言う言葉は「死のたまご」であり「詩のたまご」として、殆ど瞬間的に私の脳裡を駆け巡りました。

私はすぐに机にむかって詩を書き始めたのでした。

頭の中にさまざまな想念が生まれています。「しのたまご」を核にして言葉がつぎつぎに溢れてきます。私はそれをどう組み立てるか、心のなかの一種の興奮を抑えながら考えます。

人は誰でも、生れるとすぐに死に向かって歩き始める。死の卵を抱えて、やがてそれを孵化させる為に人生の日々を生きているようなものでもある。

そんなことを言った人がいました。人生の旅路の果てには死の現実が厳然と立ちはだかっていると言うことを、その人は言いたかったのかも知れませんが、ただそれだけの人生ならばなんと虚しいことでしょうか。

たしかに、人は誰でも死に向かって歩いていますが、同時にその道すがら、たくさんの生の喜びを感じるはずです。むろん、別離や死別の悲しみも訪れますが、それを文章にして実らせる人はそう多くはないでしょう。しかしどんな人でも一生に一つは物語を書けるものだと言われているように、誰もが「詩のたまご」を大切に抱えて生きているのではないか。……そんなふうに、御婦人のさりげない一片の言葉が私に響いてきたのでした。

こんな風な詩の訪れはインスピレーションと言うのと同じですから、すでに詩や短歌、俳句の創作を続けている人々にはことさらにひけらかすほどのことではないのですが、作品を書く時のモチーフ、中心的動機は何かということが、創作には最も大切なものだと考えています。

＊　詩集『蝶の曳く馬車』（土曜美術社）所収
＊　哲学者・エッセイスト、池田晶子さんの幼年時代の挿話

6　真っ赤な唐辛子

「中学生日記」を担当する以前、私が一ディレクターとして東京の放送センターを駆けずり回っていたころ、教育テレビジョンに教養特集というシリーズがありました。自由な企画が生きるステージでしたから私も数本の番組を提案して制作したことがあります。

そのひとつに「行乞流転《ぎょうこつるてん》……種田山頭火」という作品があります。*山頭火は、家庭を捨てて托鉢しながら乞食同然の姿で各地を漂泊した人です。自由律俳句の俳人として今ではすっかり有名ですが、私が取りあげた頃はまだ知る人ぞ知るといった程度でした。自由律俳句というのは、五七五の言葉の数や季語のあるなしにもとらわれない俳句のことです。百も承知の皆さまに失礼ながら念のため……。

番組では主に彼の生涯を追いかけて構成したのですが、その取材のなかでの私のもう一つの関心事は、自由律の俳句を俳句として成立させているものは何かということでした。

定型俳句の五、七、五の言葉のリズムは快い。その快さはまた落とし穴でもあり、十七文字の言葉を連ねれば、なんとなく句として出来上がっているように思わせてしまうところがあります。

幼い日に親しんだ北原白秋の童詩の断片を今でも諳んじられるわけは、その内容や意味よりももっぱら言葉の響きとリズム感によるものでした。

しかし、自由律俳句はどうか。

これは言葉のリズムに寄りかかれない。決まりがないからどう作っても結構と言う自由がある。しかしここにも、やはり落とし穴がある。自由律の俳句を成立させる詩心がなくては、ただの散文の切れっぱしになってしまう。これは口語自由詩にも当てはまることだろうと思います。

私は彼のたくさんの自由律俳句を読みました。正直なところ、玉石混淆だと思いましたが、なかにひときわ印象に残った俳句がありました。

死をひしと唐辛《とうがらし》まっかな

山頭火は、冬近い山野をさまよううちに、末枯《すが》れた野菜畑のなかの真っ赤な唐辛子を見る。その極限まで極めたような鮮烈な色に、山頭火は枯死を間近にした唐辛子の厳しく切羽詰まった生の燃焼を見たのではないでしょうか。

明日をも知れぬ放浪の自分の姿を重ねたのかも知れないし、或いは、自分の句業、文筆の仕事の最後の燃焼を願ったのかも知れない。

旅のなかで見つめていた「死」。

彼が十一歳の時に母親が自宅の井戸で投身自殺をしています。のちに実弟も自殺、また彼自身も電車への飛び込み自殺を図ったことがありました。

「死」ということ。それは、山頭火が終生持ち続けていた主題であり、そこに唐辛子の燃える赤色が激しく響いたのでしょう。

今、私は、山頭火が唐辛子に託して人生の悩みを表現したという意味のことを言いました。しかしよく考えると、厳密にはそうではないと言えます。

むしろ真っ赤な唐辛子のほうが、一瞬の光を放って彼の生を照らし出したのです。

山頭火には抱き続けた悩みがあります。一言では言えませんが、魂の一部の欠落というものだったかも知れません。それが、彼に妻子との安楽な生活を棄てさせて命がけの放浪に駆りたてたのでしょう。何千の俳句を作っても捉えられないもやもやした悩み、しかし深刻な苦しみ。その生の実体を閃光のように照らしたのが、枯れ野の真っ赤な唐辛子だったのではないでしょうか。

つまり、ひとりの放浪の男と唐辛子との偶然の出会いが、ひとつの詩を生み出したのです。詩人の魂と唐辛子のあいだにスパークした火花、響き合ったいのちの姿と言ってもいいかも知れません。

「響く」……それはinspireにつながります。ふたつの事物の出会いによって生じる火花、響き合い、つまりはインスピレーションです。

＊　昭和四七年三月十日放送
春陽堂、『山頭火全集』の年譜に記載

7　感動の根っこ

私は何かにつけ目を潤ませることが多い。

悲しい出来事には無論のこと、心温まる話や光景に触れても目がしらが熱くなります。たとえば、雛鳥にいっしんに餌を運ぶ小鳥の夫婦とか、生まれ落ちた仔牛の躰をしきりに舐める親牛とか。映像が溢れる現代の日々にはよく見かける姿ですが、微笑ましく眺めたあとにジンと胸が熱くなります。我ながらどうしたことかと呆れます。

年寄りの涙だというだけではなく、そこにはもう一つの理由があるような気がします。純粋無垢な本能で生命をはぐくむ、そんな動物たちの姿には、人間が失った自然への郷愁を誘うものがあるのかも知れない……そんなふうに思うからです。人間が本来そなえていた素朴な自然、内なる自然が、あきらめずに私たちを呼んでいるのではないでしょうか。

今、何処を見渡しても人間の愚かな所業が絶えない世界です。虐め、差別、虐待、子殺し親殺し、嗜虐的な殺人などの殺伐とした報道があっても、昔ほど人々は驚かなくなりました。

現代のおとなは威張れません。こんな世界を造ってきたおとな達の一人としては、若い人達にしたり顔で道を説くようなことは恥ずかしくて出来ないのです。

「児孫のために美田を買わず」という言葉があります。西郷隆盛さんの詩のなかの言葉ですが、子どもや孫に資産を残すことはかえって為にならない。みずから苦労して人生をひらくべきであるという教えだそうです。

しかし、貧しい庶民の私たちは美田を買おうにも買えないといったところが本音です。大金持ちは何に役立てるつもりか、必要以上に美田を買い続けて私財の蓄えに夢中になっているようですが。

今の時代は、美田を残すどころか、かえって負債を負わせてしまっているというのが実情でしょう。近隣の国々との軋轢は相変わらず、国の借金は膨れあがるばかり、格差社会はますます進行し、原発事故の原子炉の廃炉は未だメドが立たず、国土を住めなくして人々に故郷を棄てさせ、汚染物質は十万年先まで積み残しというのが現代のおとな達が造ってきた世の中です。

私たちは、効率と便利を追うことが幸福の追求だと錯覚しているのではないでしょうか。人間は、人間とは相容れない物質を作り続けて母なる地球を汚し続けています。

私もそのひとり、罪ほろぼしをしたくても力及ばず、情けないことです。

つい、愚痴をこぼしてしまいました。余計なことを言ったかもしれません。

せめて私の出来ることは、そんな現代文明の進歩に異をとなえることです。そしてささやかな良い詩を書いて人々の心に手渡すことだけです。

本当のところ、私はひと月に一回でも胸が熱くなるような出来事や光景に出逢いたい。生きとし生けるものの美しさ、自然の営みの厳しさと美しさに出会いたいと願っています。

感動は詩の畑です。しかし心に響いてくるものが畑にたくさん埋まっていても、そこから収穫して、人々のために出荷できるのはほんの僅か。なぜなら、知性によってそれを選別するからです。私が持っている知性はひどく貧しいけれど、それを懸命にフル稼働してホンモノかどうかを嗅ぎ分けるからです。

私にとって、感動を選別するフィルターは一篇の詩です。

感激の枝葉を刈れ　感動の根をおさえろ

少年時代に出会った高村光太郎の短詩です。

このフィルターは、知的な洞察力だと言ってもいいでしょう。感動には底の浅いものも、ごく個人的な狭い世界にとどまるものもあります。とりわけ現代では、商業主義によって安売りされる感動が少なくありません。情緒や感動さえも商品にする恐ろしい世の中です。しかし、そんな状況のなかにも、人間の根源的な普遍的な感情に訴えるものがある。……と、信じたい。

それが「詩のたまご」だと思います。感動は詩作をうながす、内面的で中心的な動機となる……ということです。

自分の悩みをながながと綴った詩を書く人がいます。詩を書くこと、それが自分の慰めになっているのなら、それで、つまりは自給自足で満たされているのならとやかく言うことはありません。それだって意味がないとは言いません。しかしそれを発表することは、感動を他者と共有するためですから押しつけにならないように心がけなければならない。これは自戒（自分への戒め）でもあります。自分だけいい気持になっていてもしょうがない。感動の根っこを分析することと、それが質の高い感動かどうかを冷静に見つめなければならない。そうなってはじめてその「感動」が、ひとりよがりではなく普遍的なものに、他者と共有できるものになるのだと思います。

感動の根を抑えて詩に結晶させる感性は、詩作それ自体によるよりも、ふだんの生活や人生のなかで育まれるのではないでしょうか。また、他者や自然や社会の刺激によって心のなかに養われるのであり、詩を書く以前に詩人の心に宿っていなければならないと思っています。

音楽家の武満徹さんはその著書のなかでこう言っています。

「現代音楽は知的に細分化され過ぎて、肉体を失ってしまった。音楽に官能性を回復したい」

（朝日新聞Be　2012・7・2）

ここで言う官能性は、感動や情緒とはニュアンスが異なるけれど、知に傾きすぎた専門性を修正して人間本来の肉体的な感性を再発見すべきだという主張です。これは人間の全体性の復活を言う言葉であり、現在の詩の状況への警告としても言えることではないでしょうか。

詩人の谷川俊太郎さんもこう言っています。

「現代詩は第二次大戦後、抒情より批評、具体より抽象、生活より思想を求めて難解になり、読者を失っていった。」

（朝日新聞オピニオン　09・11・25）

武満徹さんの現代音楽批判と相通じるものがあるように思いますが、いかがでしょうか。

また、世界的にも高名な数学者である岡潔さんは「春宵《しゅんしょう》十話」という著書のなかで「人の中心にあるものは情緒であり、学問の中心にあるものも情緒である」と言い、「情緒の中心にある調和が損なわれると、人の心は腐敗する。社会も文化もあっと言う間にとめどもなく悪くなってしまう」と述べています。

数学は私には若いときから難しい学問ですが、論理を突き詰めて行く先に豁然と開ける新しい世界があり、そこには感性に訴える〝美〟があるような気がします。知性と情緒、知性と感動は決して別の世界のものではなく、根底で深く繋がっていると考えます。

恥ずかしいことですが近年になって、遅ればせながら論語の一節に触れる機会があり、教えられたことがあります。それは、「学びて思わざれば　すなわち罔《くら》し　思いて

学ばざれば　すなわち危うし」という言葉です。

学ぶとは知識を得ることと解釈すれば、「いくら知識を得ても、その事を自分で深く思うことがなければ物事の道理を見失う。また、思う事があっても、その事について深く広く知識を得ようとしないのは危ないことだ」と述べているのだと思います。知と情の結びつきの大切さを孔子が簡潔に明瞭に述べています。今でも通じる、いや今こそ噛みしめるべき言葉だと思います。

二千五百年もまえの孔子の言葉です。

なんと、人間の精神文化は少しも進歩していません。知に走りすぎて環境破壊や差別、狂信的な殺人を引き起こしたり、情に負けて自分や他人の人生を破滅させてはいませんか。

情報と欲望の氾濫のなかで混乱するばかりの人々、殆どすべてのものを経済的価値に換算する現代社会、こんな時代状況のなかに見えてくるのは、一口で言えば人間性の枯渇です。私は、どうも人間の心が潤いをなくしてきているのではないかと疑っています。

現代社会は知や論理、観念に傾きすぎて、人々が他者をイメージする能力を失いつつあるような気がします。これは或いは、映像メディアやSNSがイメージ映像を供給し過ぎているからかも知れません。

いや、それは逆だとも言えます。溢れる情報を急いで知るために、映画やテレビのせっかくの作品をスマホなどの小さな画面で忙しく見たり、超大作さえも短縮したダイジェスト版で見る傾向が若い人たちにあると聞きました。

情報と映像の氾濫のなかをそんなにまでして、必死に泳がなければならないのでしょうか。暗然とした気持になります。

知、情、意のすべてに訴えようとする作品を単に知識として捉えようとするのは、ほんとうに作品を理解したとは言えないでしょう。そこではかえって、他者の悲しみや喜びに共感する力が摩耗してしまいます。

共感し感情移入する力。世界をイメージする力。それはうわべだけの浅い知識を沢山身につけるよりも大切です。この力の復活こそが人間の未来を救済するのではないでしょうか。そこにこそ、詩や俳句、短歌、小説、音楽、絵画や舞台、映像作品、あらゆる芸術が果たすべき役割があるように思います。

どんな媒体を使ってもいい。創造することこそ他の動物にはない、人間の素晴らしい能力です。

創造に当たっては個人的な悩みや悲しみ、喜びはたしかに直接的な動因になるでしょう。しかし、その主題を多くの人々と共有する為には感情の根っこにあるものを突き詰めて、知的に批判的に考える姿勢がますますたいせつになっていると思います。

同時に、感動や情緒そのものを否定してはならない。感激の枝葉を刈りすぎて感動の根っこを枯らせてしまっては、人々の共感を呼ぶ作品にはならないでしょう。

これは自己反省を含めて言っているのですが、その為には私個人の心の質を高め、時代の感情への柔軟で鋭敏な洞察力を高める努力がいっそう必要なのだと考えています。

短章

夏がくれば

夏がくれば思い出す……のは、私の場合は水芭蕉ではなくて「雲の墓標」という言葉だ。

作家の阿川弘之さんが一九五六年に発表した小説の題名である。これは、軍に招集されて特攻兵の訓練を受け、やがて出撃してゆく海軍予備学生の苦悩を描いた作品である。

私の近親に特攻帰りの青年がいたわけではないし、出撃の特攻機を見送った経験もないのだが、青年時代にこの小説を読んでから、私は「雲の墓標」という言葉を夏になると思い浮かべるのだ。本の内容は無論のことだが、タイトルのイメージの鮮烈さがよほど心に深く沁みたのだろう。

真っ青な空に白銀の城のようにむくむくと湧きあがる積乱雲、その高い嶺に駆けのぼってゆく小さな機影。

この夏、「雲の墓標に」という詩を書いた。難しい漢字が多すぎると、詩の仲間たちには評判が悪かったが、私はこの詩のなかで「瞋恚」という言葉を使った。

あえて難解な言葉を選んだわけではない。若者たちが敵艦にまっしぐらに突っ込む瞬間、その心のなかを端的に表現できる言葉を探していた。瞋恚《しんい》……とは、自分の心に逆らうものを怒り恨むことと広辞苑にはある。私には既知の言葉ではあったが、頭の片隅に眠っていて、これまでにその意味を深く尋ねることはなかった。

推敲《すいこう》という行為は、描こうとする世界の真実に迫ろうと苦心することで、それが喜びでもあるのだが、この言葉の意味を掘り下げて、私は表現の核心を得たと思った。

どれほど理性で生への執着を抑えつけても、迎え撃つ対空砲火に飛び込んでゆく青年の心には、まさに瞋恚の炎が燃えさかっていたのではないか。国家と個人、戦うことの意味、愛と離別、生への執着との葛藤。心のなかの全ての迷いと怒りを焼きつくす真っ白な炎。

それは明らかに通常の自殺行為とは異質のものだ。死にたいと言って死ぬのではない。生きようとする激しい衝動と意志を抑圧し、不条理な死に向かって行く。


それから七十年以上も過ぎた時代の私の勝手な想像で、死者への敬意を欠いてはいないかと私は懼《おそ》れる。

しかし毎年の夏、白雲の湧く空に豆粒のように消えていった若者達の苦悩を想像して、ひとり涙ぐむ老人がいることで赦して欲しい。

この老人は、当時、国民学校（今の小学校）二年生だった。

鮟鱇鍋《あんこうなべ》のこと

鮟鱇鍋の季節である。茨城県太平洋岸の町の名物料理らしいが、私はまだ食べたことがない。肉や皮、肝や臓物を煮込んで、見るからに濃厚そうな汁にやや怖じ気づいているのが本音だ。
しかし、名物の吊し切りならどこかの魚市場で見たことがある。その光景は……と述べようとして、高名な俳人と詩人が既に描破していた事に気づいた。

鮟鱇の骨まで凍ててぶちきらる

これは人間探求派と呼称された俳人、加藤楸邨《しゅうそん》の俳句である。現実世界の視覚で捉えたものと内部意識を共に描くという求心的な俳句を追求し提唱した。

そして戦後詩壇の巨星、村野四郎の詩「さんたんたる鮟鱇」がある。

その一部を抄出すると

顎を　むざんに引っかけられ
逆さに吊りさげられた
うすい膜の中の
くったりした死
これは　いかなるもののなれの果てだ

見なれない手が寄ってきて

切りさいなみ　削りとり
だんだん希薄になっていく　この実在
しまいには　うすい膜も切りさられ
もう　鮟鱇はどこにも無い

（後略）


存在の痕跡も生の意味も剝ぎとられる苛烈な喪失……！

鮟鱇を描く俳句と詩と、この二つの優劣を問うつもりはないしその能力もないが、思うことはある。

加藤楸邨の句は、ぎりぎりに研いだ言葉で描写に徹し、惨劇の外に余情を置いている。光景をズバリと断ち切った言葉の切っ先の鋭さ。一刀両断。切りつめた言葉の鋭利な凄みを感じる。

一方で、村野四郎の詩は包丁の非情な作業を追って鮟鱇の解体の果ての実在の意味を問うている。

「みなれない手」の主とは誰なのか。闇から闇を渡る生の不安なありよう、有限な生を非情に捌《さば》く大いなる手を思わせる。

我らの生も運命の不思議な手によっていつか切りさいなまれ消えてゆくのだろう。

詩型は異なるものの二つながらに、酷薄非情な生の実存を言葉に刻んで、今も強く訴えてくる。

後書きにかえて——詩集「蝶の曳く馬車」より

りんりん

過ぎてゆく季節のおわりの蟬だろうか
南京櫨《はぜ》の紅葉のなかで鳴きだして
忘れもののようなみんみん蟬の歌
りんりんと秋の陽の輝く風を顫わせている
ひとひらの筋雲をかたみにおいた真っ白な空
いくら呼びかけても

おまえに答える友はとうに去り
恋人たちも土に還ってしまった

しかし滾々《こん》といのちに満ちる不思議の潮は
暗く冷たい土のなかからおまえを誘い
幹を昇らせ　羽化をうながし
天涯に顫音《せんおん》を響かせる器管を与えたのだ
緑の斑紋を散らす黒いからだが
天青石の青味を帯びてくると
おまえはそっと筋を動かしてみる
と　音が出る

初めはぎこちなくやがてなめらかに

聴衆の去った孤独なステージで
おまえはいのちの命じるままに
ひとしきり歌ってひっそりと去るだろう
まる一日実直に働いた勤め人のように

ひと気の絶えた夜の職場にひとり残って
おまえはその日の為すべき仕事を終える
そして自分自身に少しばかり満足し
机の上をさっと片付けて部屋を出てゆく
誰にともなく「じゃさよなら」とつぶやいて

いつの日かそのように私も去ってゆきたい

ひっそりと慎ましく
なしとげたささやかなことに心を満たして

八重樫 克羅（やえがし かつら）
1938年2月　横浜市神奈川区三ツ沢下町にて出生。少年期を岩手県北上市（旧黒沢尻町）で送る。東北大学文学部卒。NHKに入社。「くらしの歴史」「教養特集」「中学生日記」「NHK特集」など多数の番組制作に関わる。NHKインターナショナル理事、番組制作局次長、日本賞番組国際コンクール事務局長、教育番組センター長、海外企画室EPなどを歴任。
NHK退職後は、NHK出版役員、NHK東京児童合唱団運営委員長を勤めた。

茨城県石岡市石岡13920　ロイヤルハウス新館212（〒315-0001）

著書
『創る～教師のためのビデオ制作』日本放送教育協会、1989年
詩集『イーハトーヴの幸福な物語』私家版、2011年
詩集『蝶の曳く馬車』土曜美術社出版販売、2017年
日本詩人クラブ会員　茨城県詩人協会理事　詩誌「ERA」同人

〈執筆年と初出〉

下駄の音	2011年　春（「文芸思潮」奨励賞）
雁風呂	2022年　春
無縁坂のおんな	2010年　冬（「オール読物」一部掲載）
雁渡る	2015年　春
ちいさな山椒の木	2016年　冬（詩誌ERAに掲載）
文字のいのち	2018年　夏
空から落ちてきた言葉	2016年　春
孑孑のこと	2015年　夏（「随筆春秋」入選）
おしごと	2019年　春
真っ赤な唐辛子	2017年　秋（詩誌「白亜紀」一部掲載）
鮟鱇鍋のこと	2018年　冬
酔生夢死のこと	2018年　夏
りんりん	2016年　秋（詩集「蝶の曳く馬車」）

随想集　唐辛子　真っ赤な

二〇二二年一二月六日初版発行

著　者　八重樫克羅
発行者　田村雅之
発行所　砂子屋書房
東京都千代田区内神田三—四—七（〒一〇一—〇〇四七）
電話　〇三—三二五六—四七〇八　振替　〇〇一三〇—二—九七六三一
URL http://www.sunagoya.com
組　版　はあどわあく
印　刷　長野印刷商工株式会社
製　本　渋谷文泉閣